Darkness Under The Sun

ACRO
POLIS

Being
03

黑日

韓麗珠 文

黑日之前

太陽之下有許多可怕的事。

這些可怕的事像黑色的雨，一直從天空不斷落下來，雨傘是抵擋不住的，肉身也終究會被腐蝕融化掉。人們無法對這些黑色的東西視而不見，當它們長久附在這城市裡，便會成為一種堅實的存在，下一代，或再下一代，將會一直活在幽暗的影子裡。

對城市外的人來說，這樣的黑暗在二〇一九年的六月開始，但對於住在城市內的人來說，這些深藏在日常裡的、在各種歷史因由裡衍生的惡，從二〇一四年的雨傘運動，或更早之前的反高鐵運動裡，已一點一點地囤積起來，人們可以做的就是不斷地對抗著這城市被惡蠶食淨盡。從最初笨拙地對抗、失敗後無力地迴避，以至積聚了足夠的力量後再衝進惡的核心裡。

很痛。

這六個月以來所發生的事再也不會真正過去。畢竟，事情仍然持續著。或許，就這樣成了一種新的日常。即使黑色的雨不再落下，人們仍然每夜繼續在做各種關於黑雨的夢，而且在每次醒來的時候，心裡都會出現了某種深刻的改變，而城市的存在，每天都比昨天顯得更確切而沉重。在不斷的而且快速的消逝中，它比以往任何一刻來得更逼真。

四月

四月二十八日，民間人權陣線第二次發起反對修訂《逃犯條例》草案的遊行。主辦方稱有十三萬人參加，警方指最高峰有二・二八萬人，皆創下二〇一四年雨傘運動以來民主派遊行紀錄。

四月一日（星期一）

偶爾，我會回到那個出生和長大的區域，位於城市的邊緣地帶，還沒有被拖進不斷發展的巨輪中，可以保留一點舊區痕跡，讓居住在那裡多年的年邁者、基層人士和有障礙的人，仍然可以得到一點具有餘裕的生活空間。

雖然屋邨商場早已被領展*收購，老店相繼被迫遷，可是球場仍在那裡，讓人們可以什麼也不做只是呆坐在長椅上。

我最喜歡球場外的空地上，不定期營業的小地攤。各個地攤主人都有著相近的經營手法——把一塊尼龍布鋪展在地上，陳列出他們的貨品，全是撿來的被棄置的物品：顯然已經不合時宜的電影DVD、電熱水壺、鞋子、衣服、毛

---

* 按：全名為領展房地產投資信託基金，不但是香港首家上市，也是以市值計現時亞洲最大型房地產投資信託基金。領展的資產由香港房屋委員會分拆其零售物業及停車場而來。領展的出現是公屋商場私有化的開端。

偶、各式充電線、鬧鐘、皮箱……這些既不時尚，也沒有經濟效益的物件，躺在地攤上卻仍然散發出無法取代的魅力。因為撿拾它們的地攤主人或拾荒者，把一雙又一雙已被穿膩丟棄了的球鞋、高跟鞋或皮鞋拭抹、重新塗上鞋油、風乾，把已使用過的電器修理和清潔，把衣服清洗和漿熨，讓這些物件重新得到一個體面的形狀。我總是站在地攤前許久，目光在每一件物品上停留，所有物件都有經歷，每個年老的攤主都有故事，我要細看的是他們如何相濡以沫，保持自身的尊嚴。

是這樣的區域和地攤，讓這個城市仍然保留著文明城市應有的寬容和多元——在高速和方便以外，不同階層的人和動物仍能找到屬於自己節奏的生存空間。

四月二日（星期二）

接受一個訪問的時候，記者問，作為一個沒有全職工作的寫作的人，如何應付「經驗匱乏」的問題。

對於「匱乏」，人們總是有莫名的恐懼，金錢的匱乏、感情的匱乏、滿足感的匱乏，一種集體的不安體現。

所謂經驗匱乏，其實並不是缺乏經驗的結果（因為只要尚有呼吸，便無法避免經驗），而是，一個人如何體驗和詮釋當下的遭遇。外在的遭遇，必得經過內心的折射和蒸餾，越過了習慣而造成的麻木感、固定觀念下的選擇性忽略，和遇上重大事件時對於激烈情緒反應的慣性迴避，剩下來的才能進入經驗的儲存庫。

曾經被納粹德軍抓進集中營的種族清洗倖存者普利．摩利維在回憶錄《滅頂與生還》中描述跟他同樣經歷浩劫的猶太人，逃出生天之後，不但不願重提往事，甚至否認集中營以及納粹的一切暴行，因為一旦直面和承認殘忍得荒謬的現實，就無法重建對人類和社會的基本信任，難以如常地好好生活下去。

而在這裡，奇怪的事件每天都在發生，繁茂得令人疲憊：早已不堪負荷的醫院，常常壞掉停駛的地鐵列車，然後是修訂《逃犯條例》，進一步削弱以相對健全的法治和金融體系作為邊界的這個城市。

人們其實並不缺乏經驗，只是失卻了應對經驗的能力。與其說經驗匱乏，不如說，在複雜的事件之前，如何保持強大而柔軟的內心，面對經驗，收納經驗，穿越經驗，回應經驗。

四月三日（星期三）

我曾經為了得到日常以外的體驗，獨自去東歐旅行。

在布拉格，我盡力做個稱職的旅人。清晨起來，在陽光下走路，欣賞憂鬱的歐洲建築，拍照，參觀美術館，按照《Lonely Planet》介紹到不同的餐廳和景點。但每次靜下來，都發現心裡空蕩蕩的，沒有任何愉悅的痕跡。我問自己，想到哪裡去呢？原來並不是任何具體的地方，而是當我搜集旅行資料時，在網上看到的陌生旅人，走在自己的旅途上時，那種勇敢狂喜或放任自由。我確實是走在跟他們相似甚至相同的路線，但，我還沒有進入屬於自己的旅程。

旅行第十天，我遷到另一所旅館，拿著房間的鎖匙，走進寬敞的三人房，心裡突然陰暗，窗外陽光正盛，可是，我感到，房間內有許多西方男人的肉體混和了古龍水的氣味。眼看不見，但他們確實存在。我蜷縮在沙發上，突然莫名地抑鬱，害怕房間，卻也無力走到外面去。短訊給友人告知狀況，他們說：「你要盡快離開。」

另一天早上，只好又帶著行李去找一間光潔明亮的旅館。我不相信鬼神之說，心裡反而有僥倖之感，覺得那個擠滿無形男體的房間好像在提醒我，珍惜日常生活的光線。有時候，人們總是誤以為，生活在他方。

從布拉格回來，有一段很長的時間，我都只想留在這裡。反正這是個每天都在改變的地方。我在自己的城市拚命找尋回家的路線，然後才發現，這或許就是我命定的旅程。

四月八日（星期一）

每年冬春之交，我都會到大學去教一門課，那是一年工作的開始。今年的課堂，編在早上八時半。我住在偏遠的地區，對於早課，心底藏著一個夢魘：要是一覺醒來已是早上八時，或是從家裡到市區的唯一公路發生交通意外引致擠塞，趕不及上課怎麼辦？

當我無法止住心裡無窮盡的憂懼時，突然想到，在安穩中尋找不穩，在光裡尋找幽暗，在美滿中挑出不完美，本來就是人類常見的習性。為了不致在這習性中繼續傾斜，我嘗試創造另一種現實。

在開課前一個月，我把鬧鐘調到清晨五時，為了讓身體適應一種早起的節奏。在上課前兩個半小時出門，不止是為了有充裕的時間，讓我可以透過巴士的車窗看青馬大橋下的海，和從海面冒起的日出，也是為了在上課前，我可以在咖啡店慢慢地吃一個新鮮出爐的豆乳芝士比高包，喝一杯熱騰騰的黑咖啡。這樣，即使在寒冷的早晨摸黑起來離開舒適的床鋪，想到麵包的香氣和海面的清晨藍，心裡還是帶著對於飽暖的具體盼望。在這種狀態之下，當我走進課室，拉開窗簾，睡眠不足的學生陸續進來，我才可以帶著真正的愉悅和他們一起閱讀和寫作。

年輕的時候，我常常無意識地浪擲和刺傷自己，長得太大之後才發現，課室即世界，人和人之間每一刻都在互相感染。我只想把生命能量更妥善地分配，在每一件小事上，儲存向光的美好部份。快樂本身就是一門艱深的課。

四月九日（星期二）

四月初，攝氏二十八度，艷陽炙膚。這樣的四月，再也不是林徽因的人間四月天，也不是艾略特的最殘酷月份，而只是，溫水煮蛙。世界是一大窩溫水，每個人都無可避免是蛙。

早上六時，天漸亮。最初萌生跑步念頭，只是因為僵硬的身體和賴床的習慣漸漸像一窩溫水，在靈魂被烹熟之前，我把自己從床上拉起來到街上去跑步。

緩步跑，經過沉降的輕鐵站，看到獨坐一角發呆的老人，在大廈和大廈之間，看到掛在鐵絲網上的橫額「強烈反對××（屋苑的名字）對面再起屏風樓」，在許多修理水電美容院廣告收買電器和通渠的電話號碼之間另一句無聲的吶喊「Save the Trees 反對政府收地砍伐大量樹木」。無盡的發展是溫水，慢慢把人煮成半熟。為什麼他們還要作出無用的反抗，難道不知道適應滾燙的水溫是最佳的生存方法？難道他們不知道，生活路線的反覆循環，過於擠迫的環境，就是日常的溫水，使人們無法把目光放得太遠，看清四周發生的事情？

跑完三個圈子之後，回到家裡，看到佔中九子煽惑他人及公眾妨擾罪名成立。世界是一窩溫水，為什麼還是有些人還要跳起掙扎，即使無論如何還是無法離開這窩沸水？青蛙並非不知道自己的處境，只是無法改變水溫，漸漸相信自己無力改變，而有少數青蛙奮力跳起不願屈服水溫，因為他們知道，改變是漫長的過程而不是迅速的結果。

四月十日（星期三）

《西藏生死書》裡引用了一個關於少婦喬達彌的故事。她的兒子在一歲時病逝，傷心欲絕的她抱著小屍體跑到佛陀面前，請求讓兒子復活的方法。佛陀答應治療她的痛苦，那就是要她到一個沒有死過親人的家裡去拿回一顆芥菜子。她很高興，往城裡挨家去要芥菜子，可是，一戶又一戶的人家，全都已有親人過世。最後她終於明白，每個人都深受死亡之苦，只有無常是不變的。

每個人都是喬達彌，都會執著和癡迷，困在生和死以及一切事物的幻相裡。生命本來就由許多小小的死所構成。失去即是其中一種死亡的方式。時間之消逝、關係的終結、信念之毀滅，全都是小型之死。在大部份的情況下，我們以為這並不礙事，一天之後會有另外一天，一個人離去了再尋找另一個人，心裡無可信靠也可照樣過日子，直至更巨大的幻滅來臨，人們可能才會看清楚，每天的新陳代榭之後，重新長出來的再也不是死去了的那些舊細胞。遺憾就是其中一種死亡之苦。

城市出現頻繁而劇烈的變化之後，許多人說「香港已死」。可是，這並非夷為平地式的死亡，而是，褪去了一層舊的，令人迷戀的幻相。城市迅速改變，揭露出令人懼怕的另一層幻相。死亡並非斷絕，是更深的涉入，而活下去的意思其實是，被死亡之浪所襲而不被帶走，每天都在各式死亡之上，像第一天來到這個世界那樣心思澄明地創造適合自己生存的幻相。

四月十五日（星期一）

多年前決定離家以後，家就瓦解了。

為了解決丟失了家的徬徨，我訂下了每天做飯的計劃，畢竟家的重要功能就是溫飽和安全。但大部份的時候，我缺乏食慾，同時非常飢餓，就像胃裡有一個洞，任何食物也無法真正解決。當我忙得沒有時間買菜和燒飯，就會到居所附近的兩間家族經營的茶餐廳。

我喜歡到一家茶餐廳吃早餐，到另一家吃午餐。那些由家族營運的茶餐廳，食物都有一種溫馴的味道。人們在餐廳裡吃下的其實不止是食物，也是餐廳內的氣氛、做菜的人的情緒和感受、餐廳內的老闆和侍者之間的關係、對話和情感交流。早餐的茶餐廳，老闆是溫暖友善的初老男人，當食客忘記帶錢包，他會聳聳肩說「明天再付吧」；當熟客笑著讚賞他很帥，他會笑說「識英雄重英雄」。有時候，我走進茶餐廳，只是為了遠觀樓面的大姐互相戲謔和開玩笑。

午餐的茶餐廳，掌廚的老闆沉默緊繃，從廚房出來便要走到外面去抽煙放鬆。然而，當收銀的美麗女兒，時常和樓面的姨姨親密地聊天，告訴她年輕人是如何沉迷在動漫世界裡忘掉了現實。

我不知道自己是怎樣吃飽，維生就是需要食物。他們說，一個人吃什麼就會變成什麼，那麼，什麼也不吃就是快要消失的意思。從茶餐廳出來我就回到自己的居所，但那不是家，我想回家，但同時清楚地知道，人們總是渴望自己所沒有的東西，例如在身體逃出了家之後，把心囚禁在已消失的家裡。

四月十六日（星期二）

炎熱的日子，在菜市場的入口，遇到一隻流浪狗，伸出舌頭在乘涼，眼神疲憊。外面陽光熾烈，即使站在樹下，赤足踏在發燙的地面，任何生物也會受不了。相熟的菜檔檔主問我：「你熟悉狗嗎？可否請走牠？我怕牠。」我只好告訴她：「天氣太熱了，狗只是找個地方休息，不會打擾任何人。」

牠看來非常口渴。我走到不遠處的寵物用品店，那店主曾是獸醫助護，也是拯救流浪動物的義工。我告訴她菜市場裡的狗的狀況，想問她拿一杯水給狗，她說，打電話給漁農處吧。我有點驚訝：「那不是會被人道毀滅嗎？」「不會立即毀滅，會先觀察四天。」她解釋後反問我：「難道你可以養牠嗎？」我知道我們的處理方式不同，便離開了店子，致電另一位動物義工朋友。她說，如果狗根本沒有受傷，別管牠就是善待牠的方式。

回到菜市場，狗已失去蹤影。我甚至無法給牠一杯水，因為猶豫或不知所措。從小，我就害怕狗，無論牠們的脖子上有沒有被繩子栓著。可是，也因此而希望所有被畏懼的流浪動物，或人，能在這城市裡得到一片不會被侵擾的安身之處。因為恐懼是源於缺乏理解。

有時候，人們為了躲避自己的恐懼，不惜消滅令自己恐懼的事物。擠擁的城市，滿滿的都是非人性的，因恐懼而設立的規條。包納流浪動物的存在，其實是和自己的恐懼和平共處，而不被恐懼所操控。

四月十七日（星期三）

為什麼狗是寵物，豬是食物？當我在餐廳的戶外用餐區碰到一隻幼小的老鼠，想起了這個書名。這也是一個詰問——如果一個人愛上了的是貓狗或兔子，牠們將會成為寵物，但，如果他愛上了的是蛇、老鼠或蟑螂呢？生命並不平等，因為人的觀念充滿了分別之心。

那時我正準備吃一份三文治，眼角瞥到一個毛孩以後腳站立，前腳求吃的身影。我沒看清那是什麼，心裡湧過一陣熟悉感：多麼像家裡的貓。可是，當我把目光移過去的同時，就想到那是什麼。牠這麼大膽，因為年紀很小，粉色腳掌，還沒有學會，自己是被世界深痛惡絕的生物。我嚇了一跳，牠受驚不比我少，立刻逃竄消失了。之後，我感到的悲哀比驚嚇更甚。

朋友告訴我，那位來自日本的農夫，定居在這個城市的離島，在自己的田耕作，他習慣蚊子，不怕蛇，非常討厭老鼠，但，長年親近土地，學會了和萬物溝通的方式。那天，他在家裡吃午飯，老鼠跑出來到了桌子附近。他不耐煩地把剩菜拋給牠說：「吃完就回去，不想見到你。」鼠聞言，快速吃盡，再逗留一會，確定不會得到更多，就跑回去。

每一個生命在出生之前也無法選擇自己能成為哪一個物種。命運有很大的部份無法改變，只能承受。我不愛鼠，也無法愛鼠，因為我們會愛上什麼，畢竟被各種觀念、身份、約定俗成的規則所局限，而人也只是世上眾多物種之一罷了。

四月十八日（星期四）

台灣來的友人和我一起坐在雙層巴士上層，問我：「為什麼這裡的私家車窗上都沒有用防護反光貼？我可以清楚地看到車內的人在做什麼。我們那裡的車子都會貼上許多層，躲開陽光和別人的目光。」

或許這裡太擠擁了。我告訴她，在人口過於稠密的地方，人們的目光只能停留在為自己掙得的一片空隙裡，面前許多的路人、車子和店鋪都成了一個密密麻麻的整體，而不是可堪注目的獨特個體。

把話吐出後，我才驚覺，這與母親的說法何其相近。多年前，當我告訴她，更衣時要拉下窗簾，阻擋窗外的窺視的目光，她冷冷地說：「才不會有人看你。」許多年後，我才聽懂了話裡藏的並非對任何人的無視，而是對於生活的怠倦，倦意使人再也無法對面前的人或事物投放好奇的注視，而窺探則源於好奇。

許多個從夢裡醒來，再也無法睡去的凌晨，我都會走到書桌前，盯著窗外良久。窗外有許多大廈，一幢大廈緊挨著另一幢大廈，遠處則是更多的重疊的大廈。每幢大廈都有排列整齊的窗子。凌晨時分，天色介乎日和夜之間的暗藍，大廈上只有寥寥幾個方格子仍然亮著燈光。我看到其中一個方格內，有人在做甩手操，他們沒有關上窗簾；也看到另一個方格內，有人剛剛睡醒，走進洗手間，沒有關門，脫去了衣服，他們沒有安裝窗簾。那時候我忽然醒覺，窺探的關鍵也在於是否擁有餘暇，而在這個城市，仍有餘裕觀窗的，除了有職責在身的臥底，大概只剩下被困在家裡的貓。

多年前，我為了能夠在坐在巴士的窗子旁，什麼也不做，只是呆看車窗外，收集偏遠地區的風光，而搬到一個偏僻而交通不便之處。從小，我就渴慕著這樣的流浪方式——坐上一輛公車，讓車子帶著我從城市中心點駛到邊陲，渡過至少一小時的車程，因為只要身旁有一扇窗，有一個等待的理由，就可以把目光放在遠處，理直氣壯地發呆。可是不知從什麼時候開始，我也跟其他人一樣，放棄了身邊的窗子，只是低頭把自己埋進手提電話狹小的窗子裡。從那時開始，人們就由走向外面或走向內裡，變成不在任何地方。

或許，手提電話的屏幕才是人們一直急欲期待的窗子，藉以逃避窗外真實的迫得他們透不過氣來的風光，例如在街道上賣水貨的人、過多的拉著行李箱走過的旅客、示威的人群，或經過清拆和重建而變得面目全非的區域。只要避免過於仔細而認真地審視街道，就不會發現窗外層出不同的危機，例如劊泥車的吊臂是否已伸延到自己的家門前，或這個城市在不斷的發展中失去了什麼。

畢竟，把人和窗子分隔的，並不是短缺的空間或時間，而是早已漲滿而淤塞的生活，當人們被工作、消費、關係和疲累填滿，再也沒有餘裕去注視一扇窗或一面鏡子，生活就過完了。

所謂「美滿」，美早已成了一種奢侈，而滿是常態，被擠滿的人生，就是一種什麼也沒有真正留下，同時最容易順利過渡的人生。

四月二十三日（星期二）

背叛者藉著背叛拾綴四分五裂的自我。

背叛者等待被審判。

背叛者在被旁觀者審判之前，早已在暗中審判了自己，一遍又一遍。

罪疚必須以得到嚴懲來達到療癒。

「責罰我，來責罰我。」他們內在的某個分裂的自我，呼喊了一遍又一遍。

背叛者無意識地藉著背叛來靠近早已因習慣親密而逐漸無感的戀人。背叛者的背上有著戀人的重量，在投向另一個身體時，舉步維艱，沒有人知道他內裡住了兩個人，腳步因而沉重。

背叛者摟著另一個身體所迸發的熱情，有一半源於以內疚的火燃燒自己，不顧一切的痛苦，嚐起來很像一種失焦的歡慰，能有效刺激麻木。如果背叛者仍有一點幸福，那幸福感來自，越過忠誠的邊界此一行為提醒他，界內還有一個不離不棄地等待著他的人。那幸福感也來自，他把這種幸福摔碎。

背叛者藉著背叛，一次又一次，跨過然後回歸和戀人共同組成的圓圈，那緊密之圓。愛情是一種終將消滅的幻覺，這種幻覺最強烈之時，就在關係開始和快要完結的時候。背叛者的目光穿過幻滅，但無法放下幻像，他知道，每個緊密之圓的中心都是虛空的，他因而無法逃離背叛的命運。

最後的晚餐，耶穌對門徒說，你們之中，有一個人要賣我。

問徒紛紛問他：「是我嗎？」

背叛者猶大也問他：「是我嗎？」

他把餅遞給猶大：「快去做你要做的事。」

榮格所說的中年危機，危中之機，從過壞了的前半生逃出來，轉往另一個方向，幸運的人會走進柳暗花明又一村。我總是認為，那也帶著背叛的意味，把自己從危機裡解放。背叛一份從事了半生的工作，背叛一個相信了半生的信念，背叛一個相守了半輩子的愛人，背叛自己所建立的搖搖欲墜的家庭。適者生存。一種殘忍的自然法則。

耶穌承受被背叛的命運，背起了十字架，猶大承擔因背叛而來的懊悔，把自己吊死。兩種都是，愛帶來的結果。愛的光明面，愛的陰暗面。

旁觀者一直在等待審判背叛者。旁觀者不願跨越邊界，即使那是一道壓迫他們的邊界。只有在審判別人的時候，旁觀者得以安全地發泄積聚已久的力量。旁觀者不敢踰越。踰越需要勇氣，勇氣源於熱情，熱情源於心裡仍然深深地愛著什麼，即使這種愛是絕望的，破壞自己即是一種扭曲的愛。背叛者觸動了旁觀者的神經，因為他們實踐了旁觀者心裡一直無法觸碰的黑暗面向。

背叛者和旁觀者都住在一個非常擠擁的城市，城市被大國的陰影籠罩著，被許多邊界綑綁著，法律的條例不斷被修訂，就像盜賊合法地進入城市的範圍，搶掠他們，他們揚聲卻被打壓。他們都無力掙脫大國的綑縛。取回自身力量的方法，只有在可以控制的小範圍內盡量放任，背叛者背叛自己的緊密之圓，旁觀者批判背叛者。他們都知道，背叛即越界，越界可以通往革命，而革命的結果，不是自由和救贖，便是毀滅和敗亡，而他們卡在兩者之間，無處可去，進退維艱。

四月二十四日（星期三）

把教授拉進監獄。把立法會議員拉進監獄。把爭取公義和自由的人拉進監獄。把牧師定罪。把學生定罪。

法官說，他們的言論煽惑了群眾。

煽惑了群眾什麼呢？

我想到，有一種訓練動物的方法是這樣的，先把動物（比如說，一頭狗）關在狹窄的籠子裡，每次當牠嘗試跑出來，就電擊牠（也可用其他令牠痛苦的方式），經過一段時間之後，把牠放出籠子，牠也只會在籠子原來之處徘徊，不會走太遠。因為踰越令牠想起電擊的痛苦。

人和動物，也有相似的習性。

他們的罪名是嘗試跨出籠子。

法官把他們定了罪，也定了沒有被抓進法庭的許多人的罪。監獄內和監獄外的邊界便又更模糊了。

四月二十八日（星期日）

奢侈的權利

遊行的時候，我想到禪行的方法，專注於吸入和呼出的每一口空氣、腳下的每一步和腳掌反覆觸碰的地面。

隊伍裡的人很多，必須小心翼翼才不致碰到身旁的人。人群擠擁，但安靜，高叫的口號在很遠的地方。

我不拍照，相信眼睛就是鏡頭。遊行進行中的城市，被分成至少兩半。一半從銅鑼灣至金鐘的方向，佔據三條行車線，人們肩摩接踵，走得很慢，人群之中有的舉起了黃色的雨傘，像一條緩緩蠕動的深色河流。這一邊有電腦商場、鐘錶珠寶店和拉麵店。電車停駛，靠在路旁，作為一道中立的分界線。

另一邊逆向而行，以周日來說，人非常稀少。人們輕鬆地以自己的節奏步行，渡過一個安閒的假日，那一邊，有我喜歡的粥店、從沒到過的藥店、聚集了書店和藝術工作者的富德樓，車子如常在馬路行駛。驟眼看來，似乎對面才是自由的世界，而這一邊並不。

天橋也擠滿了人，他們並不前行，只是停留，觀看，不屬於任何一方，有些人舉起了攝錄機或照相機，有些人木然地觀察，有些人在高聲發言。朋友說，點算人數的人員就在天橋上。我來這裡，為了被算進人數之中，成為數字的一員，也為了，誠實地對待自己。

你一定早已知道，並不是每個國家的人都有誠實的權利。我在街上，從天色光亮走到夜色圍攏，就是為了使用奢侈的誠實。權利就像肌肉，久未使用，就會消失。

五月

最少兩百間大專院校、中學和小學的校友、教職員或學生陸續發起反對修訂草案的聯署。

五月一日（星期三）

四周紛擾的時候，再讀真空法師的《真愛的功課》。

出身自越南富裕家庭的她，大學時期已選擇了到貧民區進行社會服務，學佛守戒，放下男友，婉拒醫生的求婚，因為她要是把自己投進更廣大的對整個世界的愛之中。以現在的目光看來，她就是一名，佛教徒社運人士。經歷過政權壓迫宗教、連年內戰、好友自焚以爭取和平、漫長的越戰，以至戰後活在極權的陰影下，她都堅持以非暴力抗爭，消除對立。每次遭逢危難，她都會先調和自己的呼吸，回到安靜的節奏，心安定，腦袋便會想到合適的應對方法。

戰後越南的威權時代，大量知識份子、反對派和文化工作者被關進「再教育營」，也有更多的人為了避難而偷渡到別的國家。時間從來不是線性的，而是像年輪那樣，迴環往復。這樣的苦難，何其眼熟，在不同的國家，不同的年代，也會重複地上演，因為人心裡的惡，從不曾真正泯滅。

惡和善其實是雙生的，一體兩面的事物。每個人的心都有善和惡的種籽。恐懼吸引恐懼，憤怒吸引憤怒，仇恨吸引仇恨。真空法師面對干擾時，一再回到定靜的呼吸之中，就是為了再次選擇培植善的種籽。畢竟，世上最大的戰爭，很可能就是在人的內心中不斷發生。

於是，當我想到《逃犯條例》修訂，感到擔憂和無助的時候，便會提醒自己注意呼吸，把呼吸拉得深而長，以躲開某個惡的漩渦。

五月三日（星期五）

走進車廂，坐在靠窗的座位之後，我會習慣性地掏出手提電話，打開音樂庫，尋找歌單，作為一小時車程的背景音樂。可是，已經有許多次，點開了名為「圖書館」的音樂資料夾，滑過了許多歌手、唱片和歌曲的名字，並沒有一個名字不會勾起黯淡感，於是，我會放下手機，讓窗外的風景在眼前不斷無聲地經過。

自從生活裡許多重要的人和事物突然快速而毫無先兆地紛紛剝落之後，我可以清晰地感到，心裡的某一片區域，像經歷過「鬼剃頭」的頭皮，被頭髮和毛囊徹底地遺棄之後，彷彿什麼也沒有發生過的那樣光滑，近乎虛空。大概就是從那時候開始，對於「圖書館」所存有的曲子，我逐一感到煩厭，像深夜的大廈，藏著燈光的窗子，一個接著一個熄滅。

我始終無法清晰地指出音樂是什麼。它似乎就是一種介乎左腦和右腦之間的語言，無意識會把聽歌時所經歷的生活、情緒、關係和身心狀況，都刺繡在一個音調和另一個音調之間。經過了時間發酵，那些曲子再也無法純粹，它們所盛載的那麼多，終至令人無法承受。

現在，我再也無法讓耳朵觸碰Norah Jones的聲音。我忘了在多少年前，當我仍然住在那所穩固又舒適的房子，黃昏時，總是飢腸轆轆地在廚房做晚餐，等待他結束加班。那時候，在客廳播放的是《Feels Like Home》，那是我們不約而同地喜歡爵士樂之後一起買的專輯。可是我從來沒有告訴他，跟Don't Know Why相比，Sunrise染上了Norah成名後的疲態。前者適合孤獨的下雨午後，清新而明淨，而後者則像意興闌珊的周日下午。我知道，他必定不以為然。那就是，一個人的歌和兩個人的歌的分別。

我甚至再也無法想念顧爾德彈奏的巴哈，就像耳蝸的深處有至少一根神經迴路通向掌管記憶的大腦。多年前，另一個人把許多音樂，放在一個黑色箱子內送給我，我一直以為那是一份動聽的禮物，直至我鼓起勇氣打開箱子之後才發現，那裡只有過期的謊言蛆蟲和鮮活的軟弱蟑螂罷了。我只能把箱子再次密封起來。

直至上周，我在戲院內看《冷戰戀曲》，最後一幕之後，響起了巴哈的Goldberg Variations 1954，我無法動彈，屏住氣息。在心裡深處，我確實喜歡這曲子，甚至渴望，它並非摻雜在黑色箱子內亂七八糟的東西，而是通過另一種方式進入我的人生。可是，音樂只能把從不曾發生的渲染得栩栩如生（因此電影適宜配樂），而沒有相反的功能，無法把結結實實，證據確鑿的過去刪除後歸零。

手機音樂庫內的曲子，差不多已全數被厭惡的細菌感染。透過車窗外不斷後退的風光，我看到自己的洞穴，同時忍不住朝著已塞滿碎石和雜物的洞內喊叫：「已經沒有空間容納新的事物，何不扔掉這些無用又令人痛苦的東西？」

坐在洞內的另一個我說：「要是連這些廢物也失去了，這裡就什麼也沒有。」

於是，我再也無法思考，或感受。

漫長的車程，大概只適合寂靜。

五月六日（星期一）

真空法師的《真愛的功課》，其中一節談及如何和兇狠的野生動物共處。

他們居住的鹿苑寺，不同品種的蛇時常出沒，而且數量眾多，包括令人聞之色變的響尾蛇。每年春天，眾蛇出現的次數更頻繁，也有人被蛇咬傷。可是他們無論如何也不願殺蛇，於是想到，使用一根管子，一端以蓋子密封，另一端則保持開口，遇上蛇時，用棍子把蛇驅趕，蛇受驚嚇跑進管子內，他們便把出口用蓋子封閉，再以車子運送管子到無人安靜的山野，旋開蓋子讓蛇重返自然。

那是，真正的和諧。人們總是容易包容跟自己相似的人，排拒跟自己相異的物種。愛上貓或狗，珍惜兔子的生命或許比較令人容易接受，可是蛇蟲鼠蟻卻被視為有害之生物。鹿苑寺裡的法師善待蛇，因為他們共感蛇也是珍貴而具有五感的生命，便能穿越了對蛇的恐懼，放下遇蛇就要殺掉的定見，用平等的心，為蛇和自己同時找到出路。

我常常想，在以方便和效率為主調的城市裡，如何珍視最微小的生命。抹地時遇上螞蟻，耐心地等待牠們先經過，才把濕布拖在地上，被蚊子纏繞時，燃一注香把牠們驅走，而不傷任何性命，是我給自己的練習。

宇宙裡所有生物和事物都互相緊繫相連，沒有真正的彼此之分。我奢想要通過那樣的練習，放下自己所憎惡的、所憤恨的，仍然執著的。眾生皆苦，只能停止生產更多的苦因，以化解早已結下的苦果。

五月七日（星期二）

我想要在生活中認真地注視和經歷每一個細節，是因為那隻蟑螂。

遇上那隻蟑螂，是在海邊的舊居。蟑螂身型碩大，會嗡嗡地飛。我看到牠，就驚呆了，腦中一片空白，應對恐懼的最快捷的方法就是，撲殺令自己恐懼的事物。但蟑螂是頑強的生物，我令牠失去了幾雙腳，白色的黏液從身體溢出，牠仍然在蠕動，生物的本能就是求生。那時候，我只感到無盡的悲哀，那悲哀延續了很久，直至蟑螂已離開了我的範圍，我仍在想，每一個生命也無法選擇自己身為何物，而我對牠的恐懼，究竟是牠做了侵犯我的事，還是一種承襲自社會的「蟑螂非常可怕」的觀念？

人的日常行事，常常依從習慣，並非每一刻都有深刻思考的餘裕。那一年，為了治癒身體的慢性疾病，我遷居到偏僻之處，為了安靜和增加運動的機會，卻忽略了情緒和心的護養。待在一段被剝削和被虐的關係裡多年之後，某天我才驚覺，在每一個痛苦的時刻，我也像選擇簡便地把蟑螂殺掉那樣，迴避自己情緒的複雜糾結，我像害怕蟑螂那樣害怕面對痛苦之中最深沉（但也有可能是最有價值）的部份。如果我沒有即時依從恐懼帶來的習慣，或許會有勇氣作出不同的選擇。

很久之後，蟑螂苦苦掙扎的模樣仍留在我的記憶裡，就像在提醒我，保持耐心，讓每一種情緒慢慢經過，反正最後一切都會過去。在某一刻，或許，光會來臨。

五月八日（星期三）

我遇見他幾次，就在我居住的大廈大堂，等待升降機的時候，門開啟，他坐在輪椅上。我記住了他，並非因為輪椅，而是他的眼神。「你們這些自由人！看我，我被囚在身體的籠子裡。」他陰鬱地瞥了我一下。

後來在公園裡，再看到他，在使用健身設施。專注運動的時候，他有一種隨時等待新鮮事物進駐的朝氣。他的上半身靈活自如，那姿態就像在努力擴闊籠子的空間。我遠遠地看著他瘦削的雙腿，想像通過不懈的鍛練，某天他可以再次站立，然而，我忽然驚覺，世上不只是他，每個人都有自己的籠子，有些人的籠子明顯可見，而更多人的籠子是無形的，那些情緒的籠子、關係的籠子、隱疾的籠子、貧困的籠子。

L被迫離開家庭的籠子後，陷進焦慮的籠子裡。作為提供穩定生活和安全感的籠子，家庭讓人和房子以及住在裡面的人情感和血肉相連，依附日深。

表面看來完整無缺的L，離家後其實已在某個層面上被切肉削皮，甚至褫奪內臟。我想向她伸出援手，同時擔憂，會否在不自覺之間，把她拉進我的籠子。

我到公園散步，只是為了放下密密麻麻的念頭，由過去組成的籠子。我不敢讓輪椅上的男人發現我在看他，有時候，眼神比語言傷人更深，而每個人的籠子都迴然不同，沒有管通可以相通，也不一定能互相理解。得到安慰的唯一方法，就是慶幸自己身在熟悉的籠子，而不是在陌生的籠子。

五月十四日（星期二）

總是在半睡半醒時聽到客廳傳來的聲音，讓我以為有另一人在廚房放下杯子或移動一張椅子。房子只有我，我以為那是貓。可是，睜開眼睛後卻發現貓正熟睡。那些生活雜音，在我完全清醒過來之後就會消失無蹤。

我向母親描述那些聲音的形狀和質感，她說，多年前，在我們住過的舊居，她常常在午夜夢迴時聽到有人在來回踱步，可是，所有人都已睡得不省人事。「那是我工作最忙碌，生活壓力也最大的幾年。」她解釋聲音的來源。

我想起曾經獨居在那個寧靜的琵琶形的島，島上只有低矮的老舊房子。房子的牆壁薄得可以讓住客竊聽鄰居的對話。某夜，剛搬到樓下單位的鄰居站在我的門外，投訴我家發出過大的聲浪。「可是，」我看看時鐘，那時晚上九時：「我只是在拖地。」鄰居非常生氣，她說已被噪音困擾了一段很長的時間，她威脅說必須報警。

有人投訴早上的鳥鳴，也有人投訴交通燈的聲響，人們總是以為聲音在外面，可是，聲音的真正源頭或許是內在。問題是，那些聽起來令人坐立不安的聲音究竟對指向哪一種情緒。

母親說，哥哥到了異地工作之後，屋子只剩下她一人，她常常在差不多睡去的片刻聽到客廳斷續的窸窣。

我沒有對母親說破，當人在清醒與熟睡之間，腦波正處於瑟波塔（theta）

的狀態，那是最具創意的時刻，也跟自己的內在有著最深的連結。

其實我早就知道，那是寂寞的聲音。

五月十五日（星期三）

我常常不知道自己的心受了傷。長久壓抑的結果，內心崩壞之時，往往一無所覺，直至，腦裡充滿了強迫性的對話，已發生的或還沒有發生的，全身肌肉異常緊繃。這是負傷的症狀。

或許，因為我還沒有完全熟習聆聽的藝術。母親並不知道，當我還年少，她就訓練我成為一個聆聽者，讓她把悶在心裡多時的話安心地傾吐。她向我描述那些已逝世或離家的人，那些遠方或久遠以前的事，內容時常重覆，但每次重述都有著細微的變化，使我學會，聆聽就是把身心全然臨在於那一刻。語言只負載了訊息的一小部份，呼吸、表情、聲線、動作以及存在於我和她之間的空氣變化，深層連結才是核心。

閱讀也是一種全心的聆聽，翻開書，眼睛碰到句子，放下自我，才能順利走進字裡行間的世界。不過，人類是過於倚重語言的動物，往往只聽到自己想要聽到的，而忽略了對方急欲表達的。從少年時代開始，我就希望能成為一根暢通的管道，可以聽懂世間萬物發出的訊息，動物憂傷的眼神、樹葉無聲的晃動、雲緩緩經過天空。

不過，當無數念頭快要炸裂腦袋，我才知道原來我從沒有真正聆聽過自己。這是個眾聲喧嘩的時代，每個人都充滿表達的欲望，卻沒有聆聽的人。我知道，受傷的時候不必對誰傾訴，只要閉上眼睛耐心細聽，讓靜默的空間在身體內擴張，即使被痛楚完全填滿，也保持平穩的呼吸。

聆聽是最深的安慰。

五月十六日（星期四）

就像屈從於命運的必然性，我終於去上了一個烹飪課。我曾經抗拒像K一般沉迷做菜，就像拒絕有系統的集體學習。然而，那是身體深處的需求，有時候，我一天只吃一餐，有時候，感到極餓卻找不到想吃的東西，如果不是擔憂營養不良，我可以只喝飲料。胃部空蕩蕩的感覺，比飽足更能撫慰人心。

有人說：「你吃什麼，就會成為什麼。」這句話帶著一種人們可以任意選擇要吃什麼的假設。但真實的狀況卻是，一個人飲食的習慣，由成長環境和家中的掌廚人培育而成。中醫也有一種說法——人傾向被自己體質相近的食物所吸引，例如躁熱者偏好油炸之物，虛寒者嗜冷飲之類，每個人都至少有一種上癮的食物，咖啡或巧克力，茶或酒精，薯片或口香糖。醫食同源，總會有一些可以吃進肚裡的能治癒精神的飢餓。

孩提時期的夏季，囤積在家裡角落總有好幾個等待催熟的榴槤。好幾次，我在屋內奔跑時不慎摔倒，差一點便撞上它們，那個青色窩釘狀的沉重之物，是危險但可以進食的大鐵鎚。K迷戀榴槤，那是她的藥。後來，我發現，人們不是極愛榴槤便是極討厭榴槤，那是能引起極端情緒的水果。怎樣的人，就會愛上怎樣的食物，就像人們難以反抗自己的命運，只有少數的人會叛逆自己先天的口味。

與其說，K為了克盡母職而辛勤做菜，不如說，是為了抗拒被吸進某個黑洞。童年的屋子，滿室凌亂，髒衣籃的衣服往往擱置甚久，唯有餐桌上永遠有豐富精緻的菜餚，被鮮果汁醃過的鮮美肉排、去殼剔腸的大蝦尾部高高揚起，被花椒八角燜過的蘿蔔和牛腩散發香氣。

後來，K告訴我，在許多失眠的晚上，當她快要被密密麻麻的念頭溺斃，便會構思明天的菜單。作為母親，可以發泄失控情緒的渠道不多，在美食和潔癖之間，她選擇了前者。只要屋子內至少一個系統能順利地運作，客人踏進房子，桌子上有足夠的食物，就可以說服任何人，生活可以過下去。

烹飪老師非常瘦，眼神清亮。做菜之前，她先教授如何吃。「聆聽身體的聲音。」她說，每個人都有屬於自己的餐單，因為每個身體都與別不同。

但我並不知道自己想吃什麼，身體一直是過於聒噪的載具，不斷違反我的意志。自青少年時期開始反覆出現的皮膚病所帶來的訊息是，不能碰煎炸或燒烤之物，也不能吃生冷之物。自此，慾望總是跟罪疚掛鉤。茹素是身體的要求，只是我漸漸順從，覺得那可能也是我的意願。每次打開菜單，先濾掉附肉的菜餚，剩下來的，我只能挑沒那麼厭惡的。

每個人的飲食偏好，不過是在家族遺傳、基因、社會和食店的供應之間，所作出的妥協而已。沒有人能避免被食物所形塑。因此，每天到了接近黃昏的時刻，我常常會湧起一個問題：為什麼人必須進食，而不是像植物只需接受陽光和雨水？沒有人能說出答案，他們只是告訴我，最好吃時令的食物，因為身土不二，那些種植在居住地附近的蔬果，往往能消融藏在身體深處無解的結。

五月二十日（星期一）

「他們在休息時會感到內疚。」

某個青年機構去年做了一個關於精神健康的調查，訪問了一千多名年輕人，然後發現了這一點。

製造內疚感，就是社會對人的行之有效的控制手段。

在過度發展的城市裡，忙碌和勤奮是不明文的守則，似乎唯有如此，才是個，夠好的人。當一個人常常加班到很晚很久沒有放假因為工作而睡眠不足，人們會同情他同時認為這才是正常的人生。

有時我會想起多年前，仍是個編輯的時候，上司常提醒我，每週可以休假一天有多幸運。在他父親當總編的年代，只有農曆年初一可以休息。

忙碌要經過比較，最高階的辛勞才具有足夠價值。當時年少的我非常憂愁，認為只有工作狂才是合格的人。

只是，當我離開了報館，在家裡寫作和接案子，我發現原來自己是不折不扣的工作狂，卻沒有因此而自足。偶爾，不相熟的人對我說：「你沒有全職工作，都在享受人生。」我便忍不住想要解釋，沒有全職就等於每天都在工作，只是沒有固定的工時和薪金。但我始終沉默，因為知道，這只是內疚感作祟的自動反應，因為我沒有選擇大路。

後來，我有時會故意在辦公時間到樓下的茶餐廳吃早餐，老闆看見我便問：「今天不用上班？」我微笑點頭。他會怎樣想像我？一個失業者、被包養的人，還是啃老族？我提醒自己，無論活在哪一種想像或評價之中，都享受屬於自己的那條路。這是唯一的出路。

五月二十一日（星期二）

有時候，內疚感是維繫搖搖欲墜的親密關係的那根釘子。

諮商心理師周慕姿在《情緒勒索》中提出，情緒勒索者非常擅長做的事情就是，貶低被勒索者的能力或自我價值、引發罪惡感和剝奪安全感。要逃離情緒勒索的關係，重新設定關係的界限，必須從自己的內在找到堅實的價值感，不再輕易掉進愧疚的陷阱裡。

然而，問題在於，每個經過社會化的人，都無可避免在內疚中成長。基督教說：「世人都犯了罪。」規則和律法，則由學校、政府、法律機關和宗教界定，懲罰是教育的重要手段，直至人們具備了足夠的恐懼感和內疚感，叛逆的黑羊終於為了身上的顏色而感到羞恥，他們便全都成了合格的大人。

恐怖的情人都懂得引發別人心裡深處的內疚感。內疚又和愛那麼近似，都令人們痛苦，卻無法割捨又好像不得不負上責任。尤其是對於習慣順從的人來說，內疚令他們感到熟悉和親近，只是他們沒有發現，內疚的根源其實不是神秘的愛情荷爾蒙，只是成長過程裡被責罰的黑暗記憶。

或許，在這個孤獨的、智能手機成了外置器官的，虛擬已成了真實的一部分的時代，人們必須仰賴內疚才能暫時逃離每個人都是一座孤島的事實。畢竟，能引發別人的內疚感，或被某個人時常提醒自己是個罪人，都是一種難得的緣份。內疚帶來依存，依存並不健康，不過，真實的人生其實是由許許多多的不健康所組成的。

五月二十二日（星期三）

一個城市的流浪動物受到怎樣的對待，往往可以反映那裡的人受到壓迫時如何處理心裡幽暗的情緒。活在權力階級最底層的人和動物，常常首當其衝成為發洩的對象。

當我看到，山上的猴子被燒傷了手掌，寵物狗被主人剪掉雙耳、插瞎左眼和打斷左腿，街上的貓被毒死，我便會想起，曾經住在那個島上。那個島沒有任何商店，只有住宅和許多受盡寵愛的流浪貓。那些貓被島上的居民餵養，全都挺著圓鼓鼓的肚腹，喜歡躺在露天停車場的車頂上沉思。

島上的氣氛那麼安靜，主要的原因是那些吃得太飽以至無欲無求的貓。直至我的貓某天從陽台離家出走，我不得不到外面去尋貓，認識了島上的餵貓人M太太，才知道島上曾經有幾百隻浪貓。多年前的某天，她看見居民在餵貓，於是決定每天都風雨不改地照顧牠們，不止供應食物，還把成貓帶去絕育，帶病貓去看醫生，收拾死在路邊的貓屍體。多年後，貓被控制在二十多隻之內，雖然偶爾有人駕車把自己的貓棄置在島上，但所有的浪貓都得到島上的人均等的愛。

她從沒有清楚地告訴我，為什麼要負上照顧浪貓的沉重責任，正如，虐貓的人很可能也無法說出真正的原因，善和惡只是源於一念。

M太太具有像海那樣寬宏的母性特質，卻也絕非無限的給予者，虐貓者雖然殘忍，卻也絕非惡魔，他們只是像每一個人，偶爾種下了一個因，而那個因，遺下了深遠的果。

五月二十七日（星期一）

那個故事來自小學中國語文課本上的課文。多年來，它一直沉睡在我的意識河床深處，總是在猝不及防時突然爆發出它的故事力量。

故事關於他和好友，在森林散步時，遇上兇猛的黑熊。二人都嚇壞了，好友飛快爬到樹上逃命，不會爬樹的他只好倒在地上裝死。黑熊嗅了嗅他的耳朵，便慢慢走開。好友看見黑熊走遠，從樹上下來，他也從地上起來。好友問他：「黑熊對你說了什麼？」他冷冷地說：「牠告訴我在危急關頭獨自逃生的人不是朋友。」

小四時第一次讀到這故事，我感到被遺棄的悲哀。多年前和好友決裂時，我記起這故事，明白背叛是人際關係的常態。上周，K跟我談到人面對危險狀況，會出現的三種反應：反擊、逃走，或僵立不動。我再次想起這故事，同時了悟，黑熊代表無法防避的威脅，那些沒有反抗能力也跑不動的人，只能呆在原地。危險終於會過去，黑熊始終會走遠。只是，只有少之又少的人可以像故事裡的他，從地上爬起來，向好友訴說受傷的心結，離開森林，繼續以後的人生。更多的人，在事情過去了以後，仍然閉目躺在原地。

創傷的真正破壞力在於，現實的黑熊離去了，可是回憶裡的黑熊一次又一次進行逆襲。

經驗的堆疊，使故事不斷釋出新的意義，我仍然沒法離開森林，卻發現創傷只是個面具，底下藏著療癒的可能，像黑熊那樣靠近我的耳朵，不斷向我說出什麼。

五月二十八日（星期二）

六月總是會下雨。但六月的雨的氣味，跟其他月份的雨天不同，那是一種關於記憶和謊言的潮濕氣味。

在馬奎斯的短篇小說〈我只是來借個電話〉中，主角瑪麗亞本來只是搭順風車，車子卻把她關進了瘋人院。那也是一個雨天。進入了精神病院後，無論瑪麗亞如何解釋，舍監和院長也認定了，她所有的反應──堅持要致電丈夫、尖叫著說自己並沒有瘋狂，或拚命要離開，都非常近似典型的精神病患。

她只能在院中忍耐，伺機聯絡丈夫，指望他會拯救她，然後他確實出現了，勸她要在精神病院裡好好療養。

曾經是記者的馬奎斯，或許早已洞悉，這個世界本來就由各式謊言組成，無傷大雅的謊言、約定俗成的謊言、善意的謊言、顧全大局的謊言、扭曲是非的謊言，以至，令人無法忍受的殘忍謊言。當舍監發現精神病院病人名單上並沒有瑪麗亞的名字，或許已知道是個錯誤，但沒有打算花費力氣去修正，因為將錯就錯比較省事。可是連串的謊言，卻使瑪麗亞看清了一個真相，原來正常和瘋狂世界的分野非常脆弱，她所深愛的丈夫在關鍵時刻選擇相信謊言──每天形影不離的共處，他其實並不真正知道她是誰。

被困在精神病院的瑪麗亞是唯一知道他們全都活在謊言裡的人，只要她放棄真相，就會活得比較容易。

我們和瑪麗亞處境相仿，因為六月是關於三十年前，還沒有被謊言完全淹沒的血色真相。

五月二十九日（星期三）

從一九八九年至現在，三十年來，有人始終守護著真相和記憶，卻有更多的人，像〈我只是來借個電話〉中，瑪麗亞最後的選擇，逐漸適應精神病院內的謊言守則。

三十年來，城市改變了太多，人們也漸漸習慣了一種荒謬的日常：撒謊的人，勸勉人們要誠實；獨裁者揚言國家文明自由；暴力者指責他人言行暴力。

然而，世間所有事物都由正反兩面組成，謊言的正面功能在於折射出真實的面貌：不願欺瞞自己的人會清晰地看見，坦克車已換了另一種方式進入了這個城市（例如修訂《逃犯條例》），那些在多年前曾經聲援廣場上絕食學生的人，因為利益、對現實的無力感，或對未來缺乏希望，轉向認同謊言；不願對自己撒謊的人也會看見，因為記憶實在太沉重，有時候也很想把一切都忘記然後離開這城市的自己。

遺忘會導致重複的行為，歷史常常都會循環出現，多年前種族清洗猶太人的集中營關閉了，而針對新彊維吾爾族人的再教育營恍如借屍還魂。歷史是一種大論述，所有宏大的東西，都難免會把微小而重要的真相淘汰掉。

所謂守護記憶，要守護的其實是記憶和真相背後的價值：慈悲、公義、尊重和包容各種差異。一百年後，沒有你也沒有我，但六四可能還沒有平反，而尊重記憶，對自己誠實，並非為了未來，而是此刻，每年六四集會的一點燭光，就是誠實帶來的希望火光。

五月三十日（星期四）

在大學的寫作課上播放《重慶森林》，我問：「有多少人看過這部電影？」舉起來的手寥寥可數。

我沒有告訴在課室內那些青春而憂愁的眼睛，第一次看這部電影，是中四的暑假，S致電給我說：「電影終於上映了，我要去看王菲。」那是唯一的一次，我們結伴上電影院。S一直喜歡王菲和黃家駒，而且常常嚴肅地強調，當王菲仍是王靖雯，還沒有受到廣泛注目時，她就很愛她。

S在學校裡的固定好友，並不是我。她只會在心裡長了疙瘩，需要對人傾訴的時候，才會致電給我。偶爾，我們在放學後一起走路到車站去。

因為S，我才開始留意王菲，只是沒法抱持熱情。那時候，我開始寫小說，被學校的制度和生活上許多瑣碎的事情反複刺傷，解決的方法就是保持沉默，下課後立刻回家讀翻譯文學作品。流行文化離我太遠。我對S感覺親近，並不是因為她漂亮又聰明，會巧妙地修改校服裙的長度和寬度變成合身帥氣的衣服，再配合時尚的書包和鞋子，而是，即使她在班上那麼亮眼，還是會不自覺地曝露出藏得很深的幽暗。

中二的夏天，S和班上的一位男生曖昧，那男生的座位在我身後，他白皙微胖，笑起來像米奇老鼠。但S其實已有一名校外男友。她苦惱地問我該怎麼辦。夏令時間，S和關係不明的「米奇」下課後去遊玩，總要拉上我。其實我常常想要盡快回家，但看到S臉上淒愴茫然的神情，又狠不下心拒絕。有時，我們會到「米奇」的家裡去，偷吃冰箱裡的冰條和雪糕。當他們在房間裡久久沒有出來的時候，我就悄悄帶著書包離去。

S和「米奇」正式成為一對之後，「米奇」會在上課時把桌子誇張地移離我的椅背，我不以為然，直至另一個同學告訴我，那是因為S的嫉妒。我感到受傷的是，原來S從不明白，我願意和他們一起外出，只是為了完成對她的愛護。當時年少的我，並不渴慕戀愛，只是一旦認定了某個人是朋友，就會押上所有的自己，以為這樣才是認真而且深刻的關係。

可是戀愛中的S看不見我，也看不見她自己。升上高中之後，S仍然會在我生日時，送上手作生日卡，繪上我喜歡的史諾比，偶爾也會在電話中和我談很深很長的話。但我們不再同班。高中的班別依據成績編排，她和「米奇」被編到最末的，被老師放棄了的一班。

S的成績曾經名列前茅，後來，每次派發測驗或考試卷的時候，她總是先瞥一下「米奇」看了分數後的臉色。早熟如S或許已經知道，維持關係的其中一個方法，就是設法不要比男友更優秀。

後來我回想青春期，就覺得那是一段，把自己當作陶泥不斷搓揉，在有意和無意之間作出各種選擇，模塑自己的時期。

我們一起去看《重慶森林》的途中，談及我要交給編輯的一篇小說，還沒有寫完。她說：「我也想有人等待我的作品，給我死線，要我交貨。」我驚訝地說：「你也可以！」S美術科成績優異，喜歡繪畫，我一直覺得她有視覺藝術創作的天份。我們走向電影院的途中，討論要把畫作投稿到哪些刊物，可是，我隱隱地感到，S的幽暗所在——或許，對她來說，真正重要的作品，就是創造出一個被許多人愛著的自己，而不是自己以外的什麼。因為她其實並不那麼喜歡自己，必須依靠別人的愛去填滿。

會考之後，長成大人之前，我和S便失散了。多年後，我終於喜歡了王菲，但我喜歡的是，離過婚，受盡情傷，鑽研佛法的王菲。每次重看《重慶森林》，看到在快餐店內隨著California Dreaming的節奏晃動身子的年輕阿菲，就會想，不知道S後來有沒有成為一個自己所欣賞和愛惜的人。

六月

六月六日——法律界人士發起黑衣遊行，約三千人參與。

六月九日——民間人權陣線發起遊行抗議修例草案，人們穿白衣走上街頭，主辦單位公佈的遊行人數為一百零三萬。晚上十一時，特首林鄭月娥表示會按原訂時程，把草案在立法會二讀。

六月十二日——大批示威者圍堵立法會阻止二讀草案。警方向示威者發射催淚彈、布袋彈及橡膠子彈，至晚上，幾百名示威者退守中環。警方以「暴動」形容示威活動。立法會延遲修訂草案的二讀辯論，但林鄭重申不會撤回草案。

六月十四日——一群母親舉辦「香港媽媽反送中集氣大會」。

六月十五日——林鄭月娥舉行記者會宣佈「暫緩」修訂草案，但不會改變對示威活動的「暴動」定性，強調警方執法天經地義。
同日，曾參與反送中抗爭的梁凌杰身穿黃色雨衣，在身旁掛起「反送中」字句布條，在太古廣場墮樓。

六月十六日——民間人權陣線再次發起遊行抗議修例草案，大批市民身穿黑衣參與，手持白花記念梁凌杰，主辦單位公布當天遊行人數為二百萬零一人。

六月十八日——林鄭月娥二度召開記者招待會為草案致歉，但堅持不用「撤回」字眼，亦不回應「下台」的訴求。

六月二十一日——民間發起不合作運動，包圍警察總部、幾百人「快閃」圍堵稅務大樓、入境事務大樓和灣仔政府大樓等。

六月二十五日——民間發起眾籌，於G20峰會前夕，在台灣、英國和美國等九個主要國家刊登反修例廣告，尋求國際關注。

六月二十六日——逾千名抗議人士至外國總領事館遊行，民間人權陣線也發起集會，促請美國總統特朗普等國家領導人在G20峰會關注香港議題。

六月二十九日——第二名因為反修例而自殺的二十一歲教育大學學生盧小姐，在梯間牆壁寫下反對《逃犯條例》的四項訴求後墜樓身亡。

六月三十日——第三名懷疑因為反修例而自殺的鄔小姐，在臉書上留下「香港加油」的字句後，從中環國際金融中心天橋墜下身亡。

六月三日（星期一）

家究竟在哪裡？有時我不禁懷疑，尤其是，在雨季，牆壁滲水，或，雨水從窗縫或冷氣機喉管倒灌進來的時候。

經歷多次遷居，我已經明白，以一個自由工作者的收入，可以選擇的居所並不多，只能訓練自己的適應力和減省身外物，以應付命運每一次的拋擲。

兩年前找尋安身之所時，我已對房子不抱持任何希望，只是陪伴找房子的哥哥堅持房子必須朝向東南。那時候，經紀把門打開，我走進白色的房子，看到寬濶的窗子，窗外佔了一半是天空，感到那幾乎是奢侈。搬進房子後，重新漆過的牆壁暫時把風雨阻隔在外面，可是不安的種子在我心裡，我仍在想，安穩的家究竟在哪裡？

窗外，很遠的地方，其實有一個海，還有連綿的山。後來，當我感到心裡凌亂得無法收拾時，便會坐在窗前，凝視著山，而且發現，山色每分每刻都在變化。陰雨的日子，厚重的雲會把山吞沒大半，霧起的日子，山間纏繞白霧絲帶，有時，群山消失在白霧之後，但，只要陽光出現，山又會露出清晰的輪廓，連草的顏色幾乎都可辨認。

看得見的東西不一定就是真實。山其實從來不曾變化，正如被烏雲掩敝的太陽，其實一直都在。那些幾乎讓我信以為真的雲霧讓我知道，我真正需要的其實不是房子，而是安定可靠的歸屬感。每一刻都呈現不同面貌的山告訴我，生命裡穩靠的東西一直都在，但必須放下對形相的執著，才能重新發現它們。

六月五日（星期三）

六月是一個令人再次思考，什麼是自由的月份。

自由始自選擇。正如夏娃反抗上帝的規則，吃下分辨善惡樹上的果子，她便成為了自己。中三那一年，我對母親提出輟學的意願。我以為她會大力反對，然後我便可以一邊上學一邊做一個憤怒委屈的受害者。但她給我自由，要我自行選擇。我花上七年，承擔自己的選擇。人一旦揹上自己的選擇，便開始體驗自由——自由是面對層出不窮的恐懼，冒險，然後碰得焦頭爛額，再次選擇退縮與否；自由是負起所有的責任，放下受害者的妄想，因為自由關於創造，自由是一種信念而多於一種處境，做一個自由的人，等於面對自己可以改變什麼，而且每分每刻都在有意或無意地改變著什麼的真相。

只有在逐漸失去自由的地方，人們才會格外切實地觸摸到彌足珍貴的自由。「這可能是修例之前最後一次六四集會。」有人說。「以後不知道是否還有遊行的權利。」有人說。習慣了自由的人，盡力伸展身體和四肢，卻碰到城市裡愈來愈茂密的欄柵。然而，遭到各種形式的阻撓和恐嚇，仍然奮力靠向自由的人，必定對自己的生命以及這個城市，抱持著深刻的愛。肉身難得，每個人來到這世上一趟，不過為了盡量體驗，而自由必定是生命裡最美好的體驗之一。

選擇反抗，然後活出自己的是夏娃而不是阿當。我總是認為，因為她對人類以至整個世界懷著更豐盛的源源不絕的愛。

六月七日（星期五）

在一波又一波的反對《逃犯條例》修訂聯署中，最惹人注目的就是「全港師奶反送中聯署」。聯署文章，思路條理清晰，論點貼地有力，擴潤了人們對於「師奶」的想像。

所謂「師奶」，就是把陰性能量極致地發揮。師奶是維繫核心家庭的關鍵人物，雖不至於完全無我，可是，自我很小，處理日常生活每一件瑣事，都為了關懷照顧身邊人，目標意向非常清晰，就是緊繫家庭。

師奶的意志力非常頑強，因為他們的每一天，在生活的每一件小事裡，都在練習無條件的愛——不計較個人得失，不在意外表或形象，他們的工作沒有實質報酬，也因而不會被世俗的評價和名利迷惑。

師奶的磁場是無畏無懼的滋養能量，無論在購物時斤斤計較或是預備三餐，全都出於不為一己私利的成全。師奶每天都在獨力奮戰，卻並非荷槍實彈，而是玉手馴虎。疲憊辛勞、孩子反叛、通脹或房租，全都是虎。師奶是凡人，也有沮喪絕望傷心憤怒的時刻，然而，沒有誰比師奶更能從繁重的家務中參透，個人力量如灰塵般微小，卻每刻都在累積，我們沒有太多時間難過，明天又是另外一天，睡醒了，虎仍在面前。

師奶不一定是母親，也不一定是女人。父母離異的早熟子女、獨居的男子女子、家庭主夫，或每一個視城市如家的人，其實也有著師奶因子，面對比虎更猛的苛政，每個人都可能是師奶，而每一位師奶都不止是師奶。

六月八日（星期六）

幾年前，當「愛與和平佔領中環」的口號出現時，有人被感召，也有更多的人覺得不合時宜，實在，在廣東話的語境裡，「愛」這個字詞令人不知所措，慎重而過時，令人聯想到教會之類的讓人取暖的地方。

在日常的語言裡，當我們表達喜愛之情，大多會使用「鍾意」。「鍾意」是一個靈活變通的詞語，進可以攻退可守，既可以淡淡地鍾意一頭可愛花貓，也可以不顧一切地鍾意了一名已婚者。但愛呢，當一個母語是廣東話的香港人說「愛」，其實已有一種類近明志的決心。那不再是為自己保留餘地的「鍾意」，而是命懸一線的「愛」。

從「愛與和平」的口號，至「師奶反送中」，歸根結柢，其實都是愛。前者由三位男性發起，以頭腦分析陳義的愛。後者則由一位母親發起，師奶為了照顧子女無法遊行，卻仍關心社會。從陽性能量過渡至陰性能量。

愛是什麼？六月九日，我在擠滿白衣人的金鐘地鐵站月台半小時等候列車，幾乎無法呼吸（聖經說：「愛是恒久忍耐」）。上車的時候，後面的人不斷用力推擠（「不輕易發怒」）。遊行後，深夜回到家裡，知道《逃犯條例》修訂將如期二讀和三讀（「我們現在所知道的有限、先知所講的也有限」）。直播新聞裡，留在現場的抗爭者被執法者用警棍和胡椒噴霧驅趕（「這有限的必歸於無有了」）。

許多人愛這城市，渴望在此地終老，雖然它報以我們焚心之痛的。

六月十日（星期一） 凌晨

二時從家裡出發，四時到達銅鑼灣，約八時走完全程，中途去喝了兩杯飲品補充體力。晚餐後回到家裡已是深夜，看直播至現在。

看到留守在現場的人，心裡默念他們一定要安全平安回到家。

一百零三萬人，出乎我的意料，而政府在十一時發出，將會維持周三把修訂《逃犯條例》二讀的消息，卻在意料之中。這將是一場漫長的意志力的較量。

爭取撤回惡法的過程，或許就像整個遊行的過程，大部份的時候，都在和各種不適共處，例如在人滿為患的月台等候一班又一班列車，車上滿滿的都是人，後方的人在推撞，擠迫、炎熱、疲累、汗黏黏的感覺、寸步難移，在這些時候仍然保持穩定，但有時前方突然開了路，有時會有涼風，有時看到令人發笑的事。

先回家，儲備精力，再想想下一步怎麼辦。

或許是因為，最近兩年，我保持運動的習慣，遊行後覺得體力如常，而肉身和意志相關，二〇一四年以後，這裡的每一個人，大概都在進行某種鍛練，經過失望，卻沒有被失望捲走。當我走在軒尼詩道，看著所有行車線全開，都是遊行的人，就覺得，這幾年間，一定有一些種籽在許多人的心裡醞釀。種籽在泥土裡孕育的時候，從表面看來就是，跟平常沒兩樣，什麼都沒有發生，但是，一旦破土而出卻會急速地生長。街上那些沉著的人讓我感到一種穩靠的氣氛，某種堅實的東西在這城市裡長了出來。

這將是一場漫長的意志力的較量。

六月十一日（星期二）

周日遊行之後，心思紊亂，日常規律被打亂，每天的晨間寫作、打坐和運動，都停滯了，無心做飯，把東西扔進鍋子裡，熟了就吃。今天傍晚的瑜珈課，本來有點不想去了，但想到，不想打坐時最需要打坐，不想寫作時最需要寫作，不想練瑜珈時，其實最需要活動身子，就在雨中出去了。

幸好去了瑜珈課室，在呼吸練習中安放自己。大休息之後，課堂完結前，老師說要唱頌三個Om音。平時課堂只唱一個Om，突然唱三個，我已猜到什麼事。果然，老師說，第一個Om，感謝自己今天的練習，第二個Om，送給在抗爭中勇敢的年輕人，第三個Om，送給香港。身旁兩位同學哭了。

回家的車程，滑手機讀到警察在金鐘地鐵站截查所有年輕人的身份證、搜查他們的背包，完了不肯放走他們，要他們一字排列示眾。厭惡又憤恨，壓抑的。想到中學時，老師如何對付課上測驗不夠高分的同學，就是要他們一字排列站在黑板前示眾。建立權威，控制他人的手段有時很相似，就是在他人心裡埋下羞辱的種子，讓他們討厭自己，感到恐懼。坐在車廂裡另外兩名中年夫婦乘客，剛好在讀這些消息，他們在討論：「這一招是先發制人，阻嚇他們不要集結。」

在車廂裡，我想起練習瑜珈時，碰到陌生的式子，要先在心裡想像一遍自己在做那式子，那是頭腦跟身體各部份肌肉溝通的過程，就像在進行一次想像演習。這其實也是心念創造實相的過程，無論要創造的是，一篇小說、一段關係、一頭健康的貓咪，或一個社會狀況。好念頭如此成為實相，壞念頭也是。「心如工畫師，能畫諸世間。」

我問自己：「那麼，在這場社會運動中，我想要創造什麼？」我想，那是，司法獨立、言論自由、多元開放，包容差異，每個人都得到足夠尊重的環境。

「那麼，對於警察的憤恨有助創造這願景嗎？」我再問。

不但不會有幫助，而且，怨念是障礙物。但我確實生起了憤恨的情緒，那麼我只能轉化那情緒。從另一個角度去看，當權者應該是感到害怕，因為一百零三萬人遊行是始料不及的，接下來迅速集結罷工罷課罷買行動、添馬公園野餐等，也使他們亂了，才會更嚴厲地打壓吧。明天我要早起，到了金鐘如果被截查，我會因為被誤認年輕而高興，但不可高興太久，因為要把熟記了的市民權利練習一次——警員可以查身份證，但無權沒收物品。我只須說出名字職業和在這裡做什麼，其他不必回答。然後我要為自己找到一個參與這件事的位置，位置讓我具有目標和感到安全。我的位置是寫作者，第一身參與、觀察、思考和記錄。

心緒混亂時，讀到關心香港的台灣星相大師在臉書上為反送中所寫的星相分析，她說二十日是衝擊的最高點，有著誰人會被犧牲的憂慮，但二十二日太陽會加入對抗戰局，聲援將至，所以要保持發聲，同時也要保重自己的安全。文末，她說：「勇敢的人們，全世界都為你聲援。」另一位靈性大師說：「其實黑暗並不存在，我們只是需要引入更多亮光。」心中的亮光。

把目光自電腦屏幕移開，看到白果以不解的眼神注視我，摸摸白果，貓毛生光。

六月十二日（星期三） 凌晨

三年前，當我知道，身體內長出了一個計時炸彈，而肉類中的動物蛋白質會加速其茁壯時，我便戒掉了肉食。心裡因而感到輕省，因為不再吃肉之後，去除了因為殘忍而帶來的內疚。

我聽懂了動物的語言，是養貓後的事。不論是菜市場內活雞的哀叫、公園內互相打招呼的寵物狗，還是家裡的貓，我似乎找到了跟牠們接通的方式。不止一次，當巴掌大的黑毛蜘蛛、下雨後的不知名蟲子或飛蛾，不知就裡被困我家，我只要對牠們說要幫助牠們逃離這座沒有食物的牢房，牠們就會溫馴地爬進我手中的塑膠袋，讓我把牠們帶到外面去。

我不再購買人造毛的衣服，以免買到活拔下來的兔毛，也慎用以動物皮製成的皮革，可是，珍珠令我困惑。有一種說法指出，養殖珍珠是殘酷的。珍珠的形成，是異物進入了蚌殼之內，令蚌受傷，於是不斷分泌「珍珠質」修補傷口，經年之後，包裹著傷口的珍珠質愈滾愈大成了亮澤的珍珠。

然而，受傷是一件怎樣的事？養殖確實是一場刻意安排的傷害，令蚌增添了痛苦，可是，珍珠卻得到撫平傷痛的治療能力。

我喜歡圓形的東西，例如滿月、蜷成一團的貓球，或瞳仁，那是理解的形狀。在中醫的角度，珍珠有藥性，能安神明目，解毒生肌。我主觀地視為，珍珠經歷過苦難，才能給予他人適切的溫柔。

焦慮不安的時候，我會戴一雙珍珠耳環，珍珠會在我的耳畔說，它都知道。

六月十二日（星期三） 傍晚

很抱歉，我們太害怕，退去了。

不想留下孤單的人。但，我們先站在政府總部側門，遠處放了催淚彈，有人中了槍。人群恐慌，但仍有秩序地退後，傳送物資。有速龍，被迫上天橋。速龍兩邊包抄，不斷有受傷的人。在橋上，退無可退，聽到兩下槍聲，我們都呆了，震怒傷心。相煎何太急。仍有堅持維持秩序、運送物資的人逆向我們進入戰場。急救的人堅守崗位。

我們只能離開。

很抱歉。

肉身其實很軟弱。那些受傷的人只有傘子、頭盔、眼罩和保鮮紙。

我沒有眼罩，在天橋上有人分我一個，空氣很辣。

六月十二日（星期三）　夜

他們說這是一場暴動

他們說這是一場暴動
他們說我們是一群暴徒，有計劃地行動

我卻不知道我們的計劃，下一步是什麼
我只知道我們要保護這個城市
身在我們，密密麻麻的我們之中
燠熱、不安、氣氛緊張
我們對彼此來說都是陌生者，但只能互相依靠信任
我們拍手、呼叫「加油」、「撤回」，唱聖詩

那些我多年來不屑去唱的聖詩
卻是那裡唯一帶著慰藉力量的聲音

他們擁有特首
特首是一個自稱母親的人
但我看到他是一個空洞的袋子
極權因應不同情況給袋子填滿不同的內容
他被注進什麼就是什麼
特首擁有電視台的頻道
可以在鏡頭前流淚譴責我們
他們擁有警察
警察擁有長盾、長棍、武裝、槍、催淚彈、手銬、每天操練的身體、搜查
和拘捕的權力

他們有一所監獄
他們把子彈射向一個人的眼睛，再把子彈射向另一個人的腦袋
他們用水柱噴射一個人
我們擁有許多人、生理鹽水、索帶、長傘、保鮮紙、口罩、眼罩、頭盔、
紗布和哮喘藥
我們有日夜加班、久未運動而有點鬆弛的肉身
我們還有靈魂和心
有時勇敢，有時恐懼，有時憤怒，有時沮喪，不免天真
或許這就是暴徒的特質

我每天寫字
但漸漸無法肯定每個字詞的意思
他們把倒轉的道理說好幾遍

人們信以為真

如果這是一次城市必須進行的手術
那麼，必須切除的腫瘤，是我們還是他們

這些事情，必定已在地球上發生過許多次
這只是其中一次
也會像以後許多次，慢慢被遺忘
所以我要說出來，在我忘記之前

我信上帝，上帝說
天堂裡有審判
但地獄往往在人間

我信佛，佛說
種什麼因得什麼果
緣起性空
我信大地之母
大地被蹂躪
我信宇宙是最大的愛
宇宙讓我知道
人有時必須承受超乎尋常的痛苦
有時得以進化
但
有時不

六月十三日（星期四）

六一二之後

強迫症：

周三夜裡回到家，現場的畫面一直在重複，梳洗後，也洗了背包和衣服。晾曬衣物時，仍被嗆得不斷咳嗽，摸過衣服的手，皮膚上仍然辣辣的。強迫性似地不斷滑手機，深恐遺漏了任何訊息。無法閱讀，只能把憋在神經底層的字一點一點地寫出來，但那並不容易，有一種，腦袋太滿，肌肉太緊張的感覺。

白果在一旁，擔當無表情陪伴者。

情結：

周四休息，留在家裡，慢慢撫平焦慮而緊繃的情緒。回想前一天的事情，當警察開了槍，我們從人群退避到咖啡室休息，打算再從地鐵站出去時，防暴警已包圍出口，向我們和十多個路人步步進逼，幾個大叔憤懣怒罵他們，其他人舉機拍下。舉機是保護的動作，以防任何人受傷。我發現自己是那麼害怕這樣的衝突場面。害怕警察會對大叔開槍，所以我想逃跑。從小我就是這麼懼怕人和人之間的衝突。以往，為了避開這種衝突，我會僵立在原地，或任由他人以其他方式欺壓我。後來我回想，大叔爆罵警察的憤怒，是完全可以理解的，已經向人群放了百多枚催淚彈、布袋彈和塑膠彈，打得人頭破血流，為什麼不能罵。我看到自己常常強調冷靜，但有時，也不免是一種退縮。當社會爆發了一個巨大的傷口，其實每一個人都帶著自己的情結或心結參與其中。我相信，所有撕裂和傷害，全都具有深刻的意義，是療癒和進化的契機。

義氣：

在現場，人很多很擠擁，人和人之間幾乎沒有一點空隙，然而，我卻始終信任陌生的他人。只有在香港，我才存有這種信任。我其實是信任這裡的秩序，即使在混亂時，也有人提醒眾人：「慢慢走，一步一步下樓梯。」以及一種，難以解釋的，就是在危難當前時，平日冷漠甚至兇猛的陌生人，會突然互相保護和關顧，那大概是，義氣。只有這裡才有，人被逼到邊緣時突然爆發出的平日藏得很深的義氣。

白色恐怖：

我感到這裡已有白色恐怖。很多人都說自己「發夢」，那是一個夢。我也感到恐懼。但我不知道，這種恐懼是否莫須有。以後有機會，我要諮詢一下律師（但我不認識任何律師）。然而，即使恐懼，我還是要寫出來，因為寫字是本能。一旦寫下來，就無法不誠實。這就是，我無法接受「暫緩」的原因，我的底線是「撤回」。

團結：

經過一天休息，壓力症狀全面爆發，口腔潰爛，嘴唇和眼皮長瘡，畢竟已接近一周無法安睡。但好像已對自己所爭取的更有耐心，改變必然緩慢，那些慢慢地積聚的能量，有時從外面根本看不見，就像不存在那樣。一個月前，沒有人知道，這裡的力量如此龐大。這兩星期，幾乎社會裡每個界別也以自己擅長的盡力而為，看來是無用的，其實才是大用。例如，原來聖詩的定靜能量很強。無畏無懼，唱了一整夜，是為大愛。例如，原來這裡的人都具有豐富的幽默感，瞬間把辱罵換成笑話，「記你老母」原來可解作要想念母親，「叫你耶穌來見我」成了「叫耶穌落嚟佈道會」，全都很好笑，當中不是沒有憤恨，只是沒有被憤恨駕馭，四兩撥千斤，大概就是如此。還有製作長輩圖，都有和不同的人溝通的意願。罷工罷課罷買聯署等生活層面的不合作運動等，都體現每個界別互相補位。

周日遊行：

身子內仍然有許多力量，無論結果如何，我也保持盼望，應該做的事就去做，能做的事就盡量去做，先成為自己所喜歡的人，才能創造自己喜歡的環境。這兩天我先好好生活，完成一些稿件和工作，然後，周日再去遊行。吸收了上周的經驗，似乎該早一點到達港島區。這是個充滿可能性的世界，包括變好的可能性和變壞的可能性，覺察自己的心念，就不容易迷失。公民社會的意識已全面提昇。

感激：

人們有時不得不去做一件渺茫但正確的事，而在這時候，所需要的其實只是理解。這兩周，外國傳媒的關注，不同宗教開腔表達意見，臉書上不同國藉的朋友紛紛轉發消息和留下鼓勵和問候的話，對我們來說都非常重要。香港只是一個很小的城市，這世上，仍有許多國家，陷在水深火熱中，而缺乏任何同情的目光，我知道我們是幸運的，同時，我能感應到那些長期處於黑暗的國度，難以言喻的痛苦。

六月十四日（星期五）

肉身非常脆弱，但具有意志和心，高牆堅固，卻無法靈活移動。牆壁可以築成家，也可以建成牢獄。

當高牆成為壓迫，肉身如何抵擋？當外在世界看來已全然無光，有些人選擇回到自己的內在。

一九六三年，釋廣德法師在越南的西貢以自焚的方式尋求和平，要求當時的南越政府停止迫害佛教徒的政策。每個凡人都只有一副肉身，只有在面對長期的不義，無計可施時，才會押上這個生命的載具。釋廣德法師的自焚，被《紐約時報》記者大衛・哈伯斯柏下照片，刊在各報章頭條。他形容法師自焚時，被澆上汽油瞬間燃燒的身軀異常鎮靜，沒有哀號，連肌肉也沒有一絲抽動，和四周圍觀者的激動成鮮明的對比。

世界由可見的物質和無形的東西構成，最高階的暴力並不可見，卻每刻都在使人受苦。自焚是最終極的犧牲，從佛家的觀點去看，就是把世間形成苦難的業力，都在自己身上引爆，也具有讓自己的肉身成為痛苦循環的最終站的意義。釋廣德法師的遺體經過再次火化後，心臟縮小了但仍在，被稱為「聖心」。

經過漫長的越戰，連年的內戰以及戰後的極權統治，在越南選擇以自焚方式感召停戰或爭取和平的人，不在少數。真空法師在自傳《真愛的功課》中，記錄了她的社運同行者以及好友一支梅的自焚。一支梅對當時越南的狀況感到無力又絕望，曾經提議連同真空法師等十人，一同絕食，然後剖腹自盡，喚醒眾人停止可怕的戰爭。但，真空法師拒絕了這樣的建議，她認為，繼續留著有用之身，在世間進行和平運動更重要。不久，一支梅在浴佛節的清晨自焚。

如果自焚就像把自己的身體當作羔羊，獻祭給紛亂無望的世界，那麼，絕食就是在毀掉自身，終結比自己更巨大的暴力之前，在自身的內在進行的最後一次談判。

具有表達某種訴求和意願的長時間不進食，才能稱之為絕食，否則，那就是斷食。斷食是一種激烈的淨化身體的過程。通過停止進食，讓消化系統休養生息，排出毒素。除了正常的排泄，還會陸續出現排毒反應，例如疲累、流鼻水、頭痛、嘔吐等，有些人還會發燒或長出皮疹。惡化其實是邁向健康的漫長過程中的一站。有時候，好轉或敗壞難以一時的狀況去判斷。《聖經》裡，耶穌偶爾會到山上去作長達數天的禁食禱告，那時候，撒旦就會來試煉祂。對耶穌來說，這也是一次精神上的排毒反應。

絕食雖然是一種宣示和明志，但那其實帶著一種療癒的盼望。卡夫卡的短篇小說〈飢餓藝術家〉裡，藝術家讓自己停留在飢餓的狀態，既非爭取什麼，也不是為了表演，而是，他的本質就是一名飢餓者。因此，當他在表演飢餓，其實並不為了爭取注意力，而是渴求理解。世人都追求飽足，但他只能在飢餓中感到滿足，因此他注定是寂寞的，因為他只能在人們的目光下進行最長四十天的飢餓演出，四十天是人們對於人類身軀能承受最長時期的飢餓限定，也是人們能保持對飢餓好奇的最長時間。

六月九日之後，我就失去了正常的食慾。同時明白了，三十年前的六月，在天空門廣場的學生所說的話：「媽媽，我很餓，但吃不下。」我並非城市裡唯一無法進食的人，多位學者和文化界人士開始了絕食的接力。不想吃的時候，我就不吃，同時在耐心地等待，這場劇烈的排毒反應過去後，光會像命運對人的憐憫那樣，重臨這城市。

六月十五日（星期六）

自從這裡出現抗爭，警察的形象再也不是回歸前《重慶森林》裡的英俊六六三，從正義執法者，褪色成了濫權者，而他們同時又是極權統治者派出來守在前線的人，他們就站在了市民對立的方向。許多人都在想，如何處理某種雙方對峙時一觸即發的怒火。

許多人都說，要同理警察，他們只是在做一份工作，或，不是所有警察都有暴力傾向，他們跟我們一樣，也同時具有暴烈和溫柔的面向。以上全部都對，但，我覺得，每個人在處理對警察的憤恨時，其實是在處理自己內在的暴力面向，包括施加暴力的一方，和承受暴力的一方。簡單來說，如果要好好地梳理對警察的憤怒，那首先要確認對方傷害了自己內在的哪一個部份，是心裡哪裡脆弱的部份受了傷，例如湧起了哪些畫面，什麼往事，想起哪些人或哪個時候的自己等等。那天，當我在現場，看見一堆防暴警和速龍，他們每個人的裝束都一樣，我沒有看見任何一張可以確認的個體的臉，對他們來說，所有參與集合和示威的人，該也是長得一模一樣。所以，如果警察所做的事，使我生起怒意，那怒意背後一定藏著許多跟眼前這個素未謀面而且無面目警察無關的，但跟權威和壓迫相關的人和事情，而再次被眼前的事挑起來。那麼，我要做的先不是把注意力全放在咒罵警察之上，因為要先照顧內在那個受了重傷的孩子，先把自己帶到安全的地方，和自己對話，安撫自己。這並不是一個容易而簡單的過程，很可能在安撫自己的過程裡，會翻出很多自己不想面對的部份，那很可能有比憤怒更多的傷心失望無力內疚討厭自己等等等等，由於每個人都是獨特的個體，都有著複雜的情緒地圖，所以，要處理這一部份是困難的，但唯有和受傷的自己共處，才有可能成長和變強。如果抱著自己一小時、一天或一周仍然憤怒，是很正常的事，不必急於一時，只要此刻的自己，比上一刻的自己，怒火少了一點點已是很大的進步。

要同理警察或任何一個人，先要同理受傷的自己。否則，那只是一種頭腦的同理，一種空泛的理論，而不是心的同理。頭腦掌管分析整合歸納邏輯，但心是一個人整個能量牆，具有強大的能量。

同理警察或任何一個站在對立面的人，是因為讓惡意的業，在自身停止。在現場，我們傳送物資，是因為支援他人和保護這城市，而同理警察和對立者，是為停止身、口、意所輸出的惡的業力。

認出警方和對立者身上尖銳和頑固的部份是重要的，因為要保護自己，認出警方和對立者身上柔軟和跟自己相似的部份也同樣重要，因為只有連結才能壯大溫柔的力量。

溫柔並非示弱，而是擴大光的部份，強韌得足以包納所有黑暗。正如，當人進入了一個漆黑的房間，不必花太多時間憎惡黑暗，只須按一個亮燈的開關。

那麼，同理了警察之後呢？之後，就要不帶任何情緒地譴責他們的暴行，這是為了讓他們在以後日子，不要再向和平示威的人群開槍，停止無理搜查和濫暴。

在我的成長過程裡，從來沒有機會有系統地學習如何處理負面的情緒，不是暴怒，便是退縮，而我正在學習，尊重自己和每一個人，爭取合理的對待。譴責警方的暴行非常重要，因為他們可能並不自覺。而每一種施虐和受虐的關係，從不是單向，而是雙向，我的意思是，施虐者那些施虐的權力，是受虐者每一次被暴力對待後的沉默所賦與，是那種「只要我夠好，對方一定會自行反省和改過」幻想造成的。但，你夠好的同時，也要清晰堅定和對方說出自己可以接受的底線，讓對方尊重，才是健康合理的關係。

所以，明天我仍會穿黑衣上街，為了「撤回」，而比「撤回」更重要的是，譴責警方行使過度武力，收回暴動的定性、釋放所有被捕示威者、停止濫捕和製造恐慌。這樣的訴求，不止是為了過去幾天的事，也不止是為此刻，而是保障以後仍有集會和示威的權利，我們不是只為了表達意見，而是尋求對話的空間，當權者要聽到並正視人們的聲音。

遊行是為了確立我們和當權者之間的健康界線。

六月十六日（星期日）

參加過多次遊行，從沒有一次有這麼多人。黑衣人潮不止擠滿平時遊行的路線，當我走了兩個小時，因為心悸和呼吸困難，穿過人和人和人擠到另一條巷子，好不容易到達駱克道，原來那又另一條平行的遊行黑衣人群。

平常遊行，無論在銅鑼灣的起步點停頓多久多困難，或在灣仔如何擁擠，但一到金鐘太古廣場，就會豁然開朗，自由自在任我行，但，今天到了那裡仍然一片黑衣人海。甚至，比之前的路段更擠。

走到金鐘地鐵站，我就不得不離開。好像有個小洞自幾天前就留在身體裡。我知道，盡力就可以。

有時候，黑暗和光明，是雙生的。虛妄也會生出希望。

六月十七日（星期一）

當我身處在密密麻麻的人群裡，例如在遊行和集會的時候，甘願地忍耐擁擠多個小時，便會想起小時候在菜市場看過的籠子裡的雞。那時候，菜市場仍在販售活雞。

籠子很小，雞的數目眾多，擠得沒有站立或伸展爪子的空間。一隻雞的頭疊著另一隻雞的頭，眾多的雞頭和尖尖的啄爭相伸出籠外。牠們的呼救，看起來那麼像一種攻擊。求生是一種本能，不必經過深刻的思考和計算。被困待宰的雞像任何被壓迫的人那麼明白，追求自由是一種天性。但複雜的人類同時具有逃避自由的天性。

對於雞的恐懼，始自在菜市場目睹的雞的酷刑。雞被困在狹窄的籠內，至被挑中抓出拋進大鍋子的沸水裡，再取出來殺掉，全都是苦。雞並不知道，籠外那些來往的人潮，沒有一個打算拯救牠們。

我曾經對母親說，再也不想吃雞。她回答我，當雞被烤熟然後切件，沒有人會聯想到牠們曾是活物。

當城市裡房子的面積愈來愈小，付不起昂貴房租的人住在壁櫥裡、像一副棺木的盒子裡，或馬桶旁的空間。我才慢慢地理解那些從籠子的欄柵伸出的雞頭，看起來像武器的啄，只是無法呼喊的嘴巴，而眼睛裡的兇暴，其實是一種絕望。

我已不吃雞多年，飼養和屠宰雞的場域也離開了我們的日常生活範圍，只是人們活得愈來愈像以往的雞。

我對母親說，要去遊行。她叮囑我戴上防毒面罩，我想笑，同時覺得這是適切的建議。

六月十八日（星期二）

事情過去了一周後，我仍然不敢重看當天的錄影片段——滿街的催淚煙霧、驚惶逃走的人群、手持警棍和長盾的防暴警用槍射擊人群……自那天開始，我感到這裡再也不是一個安全的城市。

安全和自由，從不是自有永有，而是以無數勇敢的肉身撞擊囚牢的欄柵換來。肉身其實非常脆弱。城市裡的欄柵無處不在，一旦觸及了某個邊界，手槍、催淚彈和胡椒噴霧就會迎面而來。

非洲蘇丹的過渡軍政府，為了對付自五月開始的「還權於民」大規模示威活動，以強暴婦女示威者作為戰術。那些古老的黑暗邪惡藏在人性深處，而打擊爭取自由的人的手法，大多離不開暴虐肉身。身高六呎的李旺陽在囚的十三年之中，曾被關在無法直立身子的狹小倉房裡。在「阿拉伯之春」的革命中，那些穿著罩袍的埃及女示威者，一再被非禮和性侵。這裡，也有一顆射進眼眶裡的布袋彈。當權者懼怕的是集結組成人牆的身軀。為了把人驅趕回到欄柵之內，只能把人群擊打成孤立的狀況，再對落單的身軀施加刑罰。當抗爭與身體上永久的羞恥或傷殘劃成等號，意志就會崩散。

然而肉身的奇妙之處在於自療的能力。大型社會運動翻出了累積已久的傷口，讓它爆發，然後慢慢癒合結痂。

沒有人知道如何治癒一個城市的創傷，或許只能緊緊抓住快要陷落到孤立狀況裡去的人。聆聽、理解和連結，是我能想像的治療心靈傷口的藥。

六月二十日（星期四）

六月仍在下雨

六月下了一場辛辣的雨
灼傷了人們的睡眠
有人失去視力
有人失去兒子
大部份的人失去了自己的殼

人們紛紛說這必定是一場夢

在這個夢想早已失效的地方
做夢是一件可笑的事
然而在脆弱的時刻
只有夢可以守護
每一個人

在夢外
國家要來踐踏你
政府再次背叛你
執法者戴上恐龍面罩追捕你
政黨誘惑你
醫院無法收容你
外國領事館關上大門同情你

傘子可以短暫覆蓋你
但傷口會出賣你
良知讓你孤獨
肉身無法包裹你
旁觀者的關注最後也會離開你
歷史多半不會記載你
人們可能會誤解你
口罩快要窒息你
死亡會把你渡向另一次的生
然而在那裡，仍有未完成的業
輪迴你

六月仍在下雨

顯然，不是一場夢
許多蝸牛紛紛從泥土裡爬出來
全都光溜溜的沒有外殼
像飛蟻渴望渡河
飛蛾本能地撲火

只有動物沒有忘記
那些險要的地方仍然在
繁殖倖存的希望

六月十九日（星期三）

執法者說：「大部份的市民都在和平集會，只有少數人有暴力行為。」最初，他說那是一場騷亂，幾小時後，他說那是一場暴動，幾天後，他說那是一場摻雜了和平的暴動。孤立異見者，讓他們感到恐懼，是執政者常用的手法。一場社會運動的起始，大概源於人們發現彼此正承受著相近的壓迫，因而產生連結。一個人的示威，那人會被抓進精神病院，三個人的示威，可能會被控非法集會，幾萬人的示威，會被分化成多數和少數。

那麼，誰是少數？我想到米蘭昆德拉的《生命中不能承受之輕》中，已逃離布拉格的托馬斯，為了深愛的女人特蕾莎，甘願從安全的日內瓦，駕著車子，逆向所有逃亡的車群，孤單地回到已被俄國佔領的捷克。蘇珊桑塔格〈在塞拉耶佛等待果陀〉中提及的年輕導演帕索維奇，在塞拉耶佛被包圍陷於戰爭之時，他正流亡在外，可是，不久後他還是放棄了安穩的流亡生活，回到自己的國家。那時，我不禁對著書頁感到疼痛，心裡向他們大喊：「為什麼不能學會貪生怕死？」

很久之後，當我居住的城市，表面一切如常地崩壞，我卻愈來愈理解托馬斯和帕索維奇的偏執。

一場社會運動的終結，往往在於，旁觀者的目光轉向另一個方向，參與者分崩離析，而且發現每個人的苦楚都是獨一無二的，只能獨自承受。反抗的不是少數，裝睡的也非多數，孤獨才是最大的公約數。

六月二十三日（星期日）

幾乎所有的抗爭參與都有共識地戴上口罩，遮蔽本來的面目，或許為了面對無處不在的監察之眼，也有可能為了防避突然而至的鏡頭。可是，對我來說，戴上口罩的面目，也有著放下我執的象徵意味。

一個人的身份呈現，在於臉面和模樣，一旦蒙著臉，讓自己和他人變得看來相近，無分彼此，一方面可以解讀為模糊了自身的獨特性，人們被恐懼所困的自我保護行為，另一方面，眾人戴上口罩進行一場抗爭時，每個人的自我界線，也開始動搖、淡化，甚至慢慢地剝落。

我不止一次發現，抗爭現場是一個絕佳的禪修場地。因為氣氛緊張，人不得不高度集中和專注，保持著穩定的呼吸和心神，感受和身邊的每一個人，以至萬物同在的一體感。因為在現場的每一個人的行動、心態和言語，也會迅速而直接地影響在場的每一個人。保持覺察，便成了保護每一個人的基本條件。放下我執，就是不必再證明自己的對和別人的錯，不必比較或爭論，每個人都做自己該做和可以做的事，而每一件事無論看來多麼微小，其實都至為關鍵，那些看似無用的，其實都是大用。每個人、每個行動，每件小事的價值再現，也是在這場運動中的重要意義——動搖長久以來的資本主義制度下，只有經濟利益才是大用的固有觀念。

去除我執之後，每個個體的價值反而更立體地彰顯。

我城仍被稱作我城，只是當中的「我」已從單數變成了眾數。

六月二十五日（星期二）

不知從什麼時候開始，「理性」成了一項守則，成了政府所說的這城市的核心價值，成了一項高於眾人的規條。當人們因為被壓迫而反抗，當權者會說：「那是暴力和不理性的行為。」當兩個人開展了爭執，其中一個人說：「你所說的並非理性的觀點。」被指為「不理性」就是一種最深的否定。

國語辭典這樣詮釋「理性」：「不易顯露情感，不善同情，也不在意人際關係是否和諧。」另外也指理智、冷靜、判斷和推理等。一個屬於左腦的，陽性的詞語。然而文字是活的，任何詞語的含義都會隨著生活和人心而不斷變化。

「理性」這個詞語，使我想到繁忙時間駛進金鐘地鐵站月台的一輛列車，月台上久候的乘客一個跟著另一個把自己擠壓進車廂裡，以一種向前傾斜又不致跌倒的姿態，一個陌生的身體緊貼著另一個陌生的身體，準確地在窒息前停止擠壓，冷著一張臉，不看任何人，沒有人尖叫，每個人都把自己想像成死物。

但總是會出現無法理性地活埋自己的感受的反抗者，他們呼喊的行為，常被理性者指為歇斯底里。我想到林奕含的《房思琪的初戀樂園》中，這樣描述被誘姦的思琪對於既是誘姦者也是老師的感情：「如果她只是生他的氣就好了。如果她只是生自己的氣，甚至更好。憂鬱是鏡子，憤怒是窗。」

對於由理性所築建起來的合法的不合理，人們所能進行的反抗，不是鏡子，就是窗子的模式。

在《房思琪的初戀樂園》裡，中文老師李國華在課室裡是個權威，男性，掌管著傳遞知識、解釋文字和文學的權力，也由他來訂定了情感的規條，把包括房思琪在內的一眾女生，捕捉到他的花園褻玩。面對著由理性包裝而成的暴力和不公義，房思琪只能以「憂鬱」作為反抗。

「憂鬱是鏡子，憤怒是窗。」鏡子只能照出本體的反映，那是一個向內的世界，人們只能通過鏡子，看到自己的更深處，而無法通往外界。但憤怒卻充滿力量，把窗子打開，人們可從窗子朝外面喊叫，跳出屋外，或從一扇窗爬往另一扇窗。憤怒帶著的是溝通的意圖。

在小說中，李國華代表著的不是一個人，而是整個社會對於掌權的男性加害者的包庇和助紂為虐。當弱勢面對極權，難以對等的角度商議和討論，其中一個宣泄的途徑是，徹底地憂鬱，接近自殘地生病，是身體在壓力狀況下為了拯救自身而作出的反擊。另一個途徑則是，不顧一切地反抗，寧為玉碎，不作瓦全。

那小說並非完全虛構，而是根構真實的人事而寫成。把小說放在現時的社會脈絡之下解讀，那些因為政府連日來不願正面回應訴求而到處靜坐，擾亂社會正常秩序的人，其實並非為了帶來混亂，而是阻止過度的理性繼續生長。失控的理性和失控的感性一樣，同樣會帶來瘋狂的狀況。誰都知道，真正能帶來和諧的，並非理性，而是平衡和溫柔。

六月二十八日（星期五）

黃昏的瑜珈課，總是從拜日式開始。拜日式由十二個式子組成。「十二」是關於圓滿和周期的數字，一年有十二個月，日間和夜間分別有十二小時，而在古印度的哲學裡，宇宙裡的一切生命和物質，都由十二個元素組成——靈魂、地、水、火、風、虛空、得、失、苦、樂、死和生。有人說，瑜珈是一種活動的冥想，因此，練習時要把雜念清空，高度專注，也有人說，拜日式是向太陽感恩的儀式。然而，每次閉上眼睛靜下來，我的腦裡就蜂湧出凌亂的念頭，就像練習式子時，藏在關節和肌肉之間的強烈情緒和憤怒焦燥就會傾瀉而出，但我覺得，這就是正確的方向，因為世間的事物，總是由自己和自己的反面編織而成。

練習瑜珈就是把自己安住在每一個難受的動作之中，用呼吸安撫自己，習慣生命無非是苦的常態，然後漸漸接受譬如朝露的幸福。不止一次，當我們在幻椅式、武士式或弓式停駐太久以致全身不住顫抖，老師的停止倒數遲遲不來，她只是非常溫柔地對我們說：「你們現在的表情全都非常兇狠。」我們便會忍不住笑，那句話戳穿了生活裡發生的所有事情都像式子，只是一種幻相，但它挑起一種非常逼真的情緒。那就像在告訴我們，在各種痛苦出現的時候，你要知道，這是假的。瑜珈很難。

那天，我在課室裡開始拜日式，雙掌合什，吸氣把雙手伸展向上，上半身微微向後彎，我想起中一那年，在圖書館裡發現三島由紀夫的《愛的饑渴》。小說裡所探討的是被死亡包圍的愛，或在死亡邊緣才得以滋長的愛。年輕的悅子喪夫後只能倚賴公公過活。其實丈夫良輔在蜜月後，已移情別戀，只有在感染絕症傷寒彌留的兩周之間，才因病而不得不留在和妻子的兩個人的空間之內，連情婦也因害怕感染而拒絕探望。死亡讓愛短暫地停留。鰥居的公公對悅子日久由憐愛，礙於生活上的依賴，悅子無法正面回絕，但真正令她動情的卻是家裡的園丁三郎。不過，三郎愛著的卻是傭人美代。在這些無望的愛之中，悅子最後借用公公的力量殺掉三郎，並合力把屍首埋在土裡。

我曾經以為，對於由三島由紀夫開始的日本文學的熱愛，是由於細緻、疏離得近乎冷漠的語調，以及大量的心理呈現，後來我才發現，其實是其中的死亡，或直面對於死亡的強烈慾望。

對我來說，日本文學和瑜珈具有相近的陰性力量和特質。在日常生活裡，節制、嚴謹、規律和壓抑的日本，在文學裡卻呈現出極端的另一面，充滿暴力、情色和死亡。傳統瑜珈的核心並不在體位法，而是透過一連串的式子，經歷一遍從生至死的過程，藉此梳理雜蕪的內心。

經過各種激烈的式子，最後，必須進入屍式。如果省略了屍式，那就不是完整的瑜珈。屍式又名大休息，似乎只有通過一次又一次的小死，人們才能重新回到生活裡。平躺在墊子上，老師依次唸出身體各個需要放鬆的部位，而我知道，即使無法放鬆，也必須讓自己暫時死去。我從不知道，其他人在生命裡，出現死念的頻率是多少，或，他們在那時候會做什麼，這畢竟是一個禁忌的話題。不知從什麼時候開始，我接受了，死亡或想死，都是生命的一部份。在瑜珈墊上放鬆得近乎放棄自己之後，老師會敲一下缽，喚醒我們。我張開眼睛，便會在黑暗中看到窗外，在樹葉之間不完整的紫色夜空。夜空總是比我想像中光亮，有時候，我覺得每一節瑜珈課，所期待的只是那個寂靜得發亮的夜空。

七月

七月一日——民間延續回歸後每年七一遊行的傳統，今年定調為「撤回惡法，林鄭下台」。當天早上，立法會周邊即爆發警民衝突。晚上約九時，示威者撞破立法會大門，闖入立法會會議廳，掛起「沒有暴徒只有暴政」布條，塗黑區徽，宣讀《香港人抗爭宣言》。凌晨後，所有抗爭者離開立法會。

七月六日——民間發起「光復屯門公園」行動，遊行過程多次爆發衝突，警方使用催淚彈。

七月九日——林鄭月娥出席行政會議，表示《逃犯條例》修訂已「壽終正寢」，堅持不用「撤回」二字。

七月十三日——民間發起「光復上水」遊行，多處爆發衝突，十五人送院，警方清場時有示威者企圖跳橋逃生。

七月十四日——沙田區大遊行，警方多路圍堵，示威者逃至新城市廣場，警方衝進商場，雙方爆發流血衝突，多人送院，二人一度命危，最少三十七人被捕。

七月十七日——數千名長者參加「銀髮族靜默遊行」。

七月二十一日——民間人權陣線發起遊行，傍晚，數千名示威者包圍中聯辦，扔雞蛋及塗污國徽，警方向示威者發射催淚彈。晚上約十一時，大批白衣人在西鐵元朗站持棍無差別毆打在場的市民和記者，持續兩小時仍不見警方到場，共四十五人受傷送院。

七月二十四日——約五十人響應地鐵「不合作運動」。

七月二十七日——民間發起「光復元朗」遊行，聲討警方於七二一慘劇中姍姍來遲，警方首次對遊行發出「反對通知書」，遊行至晚間爆發警民衝突，警方其後拘捕集會申請者鍾健平。

七月二十八日——「毋忘上環，追究上環開槍大遊行」，警方再次發反對通知書，僅批准上環遮打花園集會。大批示威者在集會後前往中聯辦，警方再度開槍清場，發射多枚催淚彈，多人被捕。

七月三十日——數百名市民包圍葵涌警署，其後演變成警民衝突，有警長以霰彈槍指向市民。

七月一日（星期一） 中午

城市裡有一個人接著另一個人殺掉了自己之後，我想起了那個森林。我在晨間靜坐的時候，發現那個存在於自己內在的森林。

森林的中央是一片湖。岸上是油亮的草坡和蒼鬱的參天古樹，獨角馬躲在隱蔽的角落棲息，每次我躲進去，那裡總是月圓的黑夜。森林內的老樹上長著茂密的花和纍纍的果實，果實裡是無法成形的胚胎。樹下鋪滿枯乾的落葉，葉子埋著一隻黑色的獸，正在熟睡。獸有黑色光亮的披毛，像兔子，但頭上長了尖角，蜷縮的睡姿也像貓。我還是個幼童時，獸就在那裡，多年來吸吮想死的念頭所分泌的汁液，牠長得很壯。當牠安睡，森林幾乎像個安靜的樂園，可是一旦獸甦醒過來，體積就會不斷擴大，牠黑色的身體會覆蓋了整片天空和月亮僅餘的光。

「你已無處可逃。」獸會這樣對我說。當我憤怒或萬箭穿心時，獸的模樣看起來近乎溫柔，似乎在荒寂的世界裡，牠是唯一可以接納我的存在。基於一種本能，我會撫摸獸黑色柔軟的毛，像抵抗什麼那樣用指頭梳理牠，像掙扎求存那樣抓牠，像推開一扇沉重的門那樣撞牠，直至牠一點一點地縮小，再次成為一頭無害的生物。

或許每個認真地活著的人，都豢養著一頭黑色的獸，而獸的狀況因人而異。試圖消滅獸，會帶來更大的反撲。只能安靜地共處。我嘗試欣賞獸，畢竟牠迫使我思考活著的理由。

當獸酣睡，我會清晰地聽到自己心臟的跳動。

七月一日（星期一）　下午

在這條路上，人們由六月，一直走，走到七月，來來回回，習慣了擠擁的人走進新的擠擁之中，只是希望擠出一條新路。

有時候，路是擠出來的。

七月一日（星期一）夜

警方即將進行清場。

不是佛教徒，也只能在心裡唸六字大明咒。

願每個人都能平安地全身而退。

希望所有被指為暴徒的，都能放過他們眼中的暴徒。

畢竟褪去了所有裝備，那都是同樣軟弱的肉身。在肉身之下是相似的骨骼。

七月二日（星期二）

離開那個島之後，我沒有掛念島上任何一隻流浪貓，緬懷是一種危險的感情。只是逐一記起整齊地排列在低矮樓房的為數不多的窗子。如果房子是一個人內心世界的延伸，窗子就是住客的另一張臉。

在島上，我培養了散步的習慣。在擠擁的市中心，無法仔細端詳路人的臉，但在偏僻的島上，那些寬闊而且接近地面的窗子，卻慷慨地供人瀏覽。我喜歡在下午時份，人們下班回家之前，駐足在沒有拉上窗簾的窗前，靜靜地打量房子在窗子曝露的部份。不管那是書桌的一角、牆上的時鐘，天花的吊燈、牆壁的顏色或電視機正在播映的卡通，都足以令我羨慕他人的生活。羨慕是一種不需負上責任的感情，因為羨慕的基礎就是不去深入理解，讓他者的美好磨擦自身的不足。

我沒法忘記的是位於某座二樓，那四扇被報紙密鋪的玻璃窗，窗外的小陽台，每天都會放上一個小箱，內裡全是給鳥吃的飼料，常常有一群品種各異的鳥在那扇窗前大快朵頤。畢竟，那是個四季都有不同的鳥來探訪的小島。我也沒法忘記屋主貼在窗子上的一副黃色對聯，關於雨傘和運動的兩句對偶句子。

城市裡大部份的窗子都是向內而且被動的，像眼睛，你必須深深地看進去，才能發現什麼，但只有這扇窗子像一張嘴巴，迎向所有窺視的目光，伶牙俐齒隨時都可以發出早已預備的演辭。

回到高樓大廈之後，我再也沒有碰到一扇如此生氣勃勃的窗子。

七月三日（星期三）

那年，我想躲進洞穴裡，便遷進偏僻的小島。島上沒有任何商店或設施，只有一群偏執於安靜的人。

每天下午，都有垂釣者站在海邊大石上沉默地等待魚，我則在等待心裡的陰霾慢慢散去。

友人說：「不久之後，這裡必定會被發展商收購，建起更多高尚住宅。畢竟所有朝海的地方，都有發展成豪宅區的條件。」我知道他所說的很可能即將成真。那時候，躲在那裡靜靜地生活的退休者、藝術工作者、浪蕩過活的年輕男女、憂鬱者，還有珠頸斑鳩、白鷺和流浪貓，將會失去居所。如果家是內心的投射，要解決無法安居的其中一個方法，就是磨掉自己內在那些無法跟大多數一致的部份，讓自己看起來模糊一點，正常一點。

當我完全接受了心裡的陰霾永遠無法褪去的事實，就離開了島，遷進邊陲區域裡的中心部份，住在大廈裡的其中一扇窗子之內，那窗子跟其他窗子非常相像。不用上班的我，每天都在那扇窗子之內工作，以確保自己能生產足以維持生命所需要的東西。

夜裡，到樓下的公園散步，公園內有做柔軟體操的人、互相按摩的男女、坐在長椅上密談的中年人，他們非常放鬆地，回復成奇怪的形狀。那使我很安心，就像回到曾寄居過的島狀洞穴裡。

城市裡的荒僻之地、農田和郊野公園都被倡議發展，或許因為在管治者的角度，失去了自己的洞穴而紛紛假裝正常，符合主流價值的要求，人才會更容易被控制。

七月六日（星期六）

很累。無法專注工作。不敢休息。常在睡眠中醒來。

中醫說，這是過勞。我沒有告訴醫生，我其實沒有做什麼，錯過了許多死線，還有死線。我只是用了過多的時間來擔憂。

然後，中醫從抽屜取出一張紙，上面寫著如何應付過勞症，要放空，每天一至兩小時，什麼也不做。要吃豆子撈飯。要放下工作同時不感到內疚。

我卻在想，為何他要把「過勞症」的應付方法列印成小紙，放在抽屜裡備用。

或許，這是個擔憂的季節，中醫一定也已知道，這城市的風土病是由擔憂引起的過勞症。一群時常遊行、和不同意見的人辯論、擺街站、滑手機緊貼各種消息和隨處野餐的人。

七月八日（星期一）

從六月開始，我就常常想起螞蟻，關於牠們如何逃出火災現場。據說，當蟻窩起火，蟻群便會迅速自發地組成一個蟻球。蟻后包裹在中心，雄蟻、工蟻和兵蟻密密麻麻地扣連彼此，形成一團，以最快速度滾出火海。由始至終都被保護在中心的蟻后或許從未察覺火災的可怕，置身在中層的雄蟻或工蟻可能為了逃命焦慮緊張，可是終能倖存，因為最外圍的兵蟻犧牲者早在衝出火海時已被燒成焦屍，卻仍抓緊蟻團，守護自己的家園。

城市出現火海的時候，並非每一個人都願意看清楚火帶來的威脅。能安然置身中心保護地帶的人，遠看和火搏鬥的人，都指出那是一種暴力的姿態。被火灼痛多年的人，再也無法忍受熱力，紛紛從家裡走出來連結彼此，但他們真的可以成為像水那麼靈活洶湧的物質嗎?置身在最外圍的,無可避免的是面對衝突時,防衛力最弱的,例如,一個寄居街頭多年的畫家。人們說他的名字就是「畫家」,月入只有五百元。某次抗爭活動之後,他被捕,執法者叫他傻子,搜身時撥弄他的私處,關押他一天半,並不給他吃飯,最後,他也無法得到保釋的機會。無家者,沒有社會地位,欠缺人際脈絡的人,往往首當其衝遭火吞吃。

這個夏季很熱,我也耐不住,走到街上,進入被熱浪所苦的人群裡。對於蟻球的最外層,我感到恐懼的是,那將是我,或是他人。無論是誰,都是唇和齒之間流轉的苦楚。

七月九日(星期二)

有時候,我會懷緬那些老好日子——在《重慶森林》裡英俊的失戀執法者六六八；在《無間道》混進黑幫當了多年臥底，陷入身份危機的執法者陳永仁；在《警察故事》裡也有怎麼都打不死的執法者陳家駒。電影反映的不一定是現實，卻是一代的人的慾望和心理狀況——那年代，人們仍然相信制度，認為執法者會伸張正義，法律會帶來公義。

一晃眼卻來到了人們相信影像多於現實生活的年代，無論面對的是餐桌上的食物或街頭的暴力，都要立刻舉起手機。我早已不忍觀看那些在網上流傳的影片——幾個執法者以腳踢或棍擊一個已被制伏在地上的人。我已經知道的殘忍，沒法在影片上再看一遍。還有許多不願觀看這些影片的人，但他們所持的理由是，執法者非常克制，為何要看這些片面的影片？人們總是在龐雜的現實之前，選擇只是去看自己所相信的一塊。

而且，現實中的執法者，已不再忌諱任何人的鏡頭。他們只要把制服上的編號隱藏起來，戴上面罩，就能做任何他們喜歡做的事。最初，人們關心的是暴力是否合理，後來，再也沒有合法或不合法的暴力，只有被包庇或不被包庇的暴力。

沒有人能肯定公義在哪裡，只是，當新的暴力再次出現，仍然有執拗的鏡頭舉起，記者冒著流血的危險擋在執法者和示威者之間，或許只是為了持守一種盼望——相信這些影像能召喚所有在麻木的靈魂內沉睡的公義種籽。

七月十日（星期三）

那天，好友G傾訴在工作中遇到的苦惱時，突然用鋒利言辭咬了我一口。由於事出突然，猝不及防，當下不能言語，我只能沉默地讓洶湧的情緒在胸口成了巨浪。

我登出了對話的訊息匣，仔細端詳情緒的細紋，發現那裡有如玻璃屑的暴怒、像瓦礫般的羞辱感、不被尊重的感受則像尖削的碎石，而震驚成了碎掉的貝殼。一如以往，我心裡期待G會先向我道歉，承認自己的無理，然後照顧我的感受。這種期待讓我確認了憤怒的理由。然而，過不了多久，我就對於這種處理關係和情緒的模式感到厭倦，我問自己：「其實，我仍然想繼續這段友誼嗎？」

以往，我總是鮮於探詢自己。這問題讓我驚訝，同時讓我想起，其實我一直不懂得關顧自己的感受，反而在暗地裡要求身邊的人以我需要的方式體貼和照料我。我的沉默其實飽含了對G的需求。關係是一根線，涉事的雙方牽著線的兩端。

似乎是生平第一次發現，讓我感到不快的人，原來不是他者，而是，從不知道如何在各種關係裡，真正自主，以致總是被動地承受對方的自己。多年來，我總是自動又不自覺地走進了被決定命運的位置裡，誤會自己別無選擇。

發現自己可以自主，學習自主，然後慢慢實踐自主，是那麼重要，關係如是、工作如是、家庭如是，或許，個人和社會政策之間，也是如此。

最後，我終於承認，要在和G的友誼裡，休息一下。

七月十一日（星期四）

已有一個多月，不敢看那些在現場的照片，或影片。資訊泛濫的時代，幾乎每個人都有在媒體上發佈照片和文字的渠道。於是，鋪天蓋地的照片和影片。

蘇珊桑塔格卻在〈戰爭與攝影〉一文中提出，我們有責任去看這些殘忍的照片，並藉著照片去理解。「震嚇可以說是攝影的重點所在。因為攝影如要控訴，它首先就得讓人震懾。」

於是，儘管感到那些影像太可怕，我還是逐一觀看了書中的照片：西班牙內戰「中彈的軍人照」（拍下了軍人中彈後正仰天跌倒）、盧安達頭臉受創的倖存者（照片中少年的傷痕從耳朵一直延伸至臉頰中央）、美國小鎮私刑照（兩具男性屍首被掛在樹上，一人上身穿著正式的西裝，下身赤裸，另一人被扒光衣服……）

我可以忍受書中的殘忍照片，因為那是過去的照片。過去的照片，從照片中延伸出來的傷口，被時間存封了起來。觀看的人可以告訴自己，這件事已成過去，就像電影終結時，銀幕上出現「劇終」，觀眾可以起來離去，一切就像從沒發生，如常過自己的生活。

可是，面對正常進行中的事情的照片或影片，你已經可以預料，類似的事，極有可能再發生，而發生過的，也會陸續顯現出各種無法想像的後果，就像置身在一齣仍然在拍攝的電影之中，沒有人知道結局是什麼。

我以電影作為類比，因為在行動的現場，局限的視野，欠缺真實感，也有可能，面對真實中令人難以承受的一面，個人的保護機制啟動，內在某部份暫時僵住了所產生的虛幻感。

譬如說，在六月十二日，在擠擁而燠熱，缺乏清新空氣的現場，空氣中佈滿催淚彈和胡椒噴霧所產生的辛辣的粒子，因為緊張而和我握緊彼此的手以免失散的友人不斷咳嗽，我感到喉頭異常乾涸。「究竟發生什麼事？」友人問。我的手機沒法上網。個人的視線範圍有限，即使身在現場，我們好像還在依賴有某個具公信力的他者能告訴我們，這城市陷於哪一種狀況，例如內戰、戒嚴，或鎮壓。不遠處傳來槍聲。「開槍了？」友人驚問。我們無法置信地看著對方的臉。

那天過去了以後，我不想細看當天由別人所拍的照片，不管那是傳媒或無名的群眾。照片會在記憶裡存留一個洞。愈有力量的照片，造成的記憶之洞愈大愈深，那個洞可能在腦袋內停留一陣子，或許是一段更長的時間，也有可能是永遠。由照片而新增的記憶，和身在現場的經歷互相映照，將會成為了新的記憶，留在身體深處。看著正在進行中的事件的照片，就像撕開一個仍未結疤的傷口，隨著爛掉的皮扯開本來完好的皮，傷口蔓延。

創傷壓力症候群的其中一個徵狀，即是在日常生活裡，那些微小的瞬間，突然原因不明地，插入了可怕的記憶，那記憶的片段會在腦內不由自主地重播。每個人的身體內，都有獨特的記憶迴路，那是思維的習慣，傾側的習慣會令人容易掉進黑洞裡。我有這樣的經驗。在迴路建成之前，我必須盡力把視線從那些照片移往別處。

蘇珊桑塔格在〈戰爭與攝影〉的文末說：「影像似乎在向我們呼籲，而不只令我們不安、憤怒。影像說：制止此事、介入、採取行動。」然而，我的經驗卻令我看到自身的軟弱，在身在其中之後，再度行動之前，不小心摔倒。在睡眠中驚醒的夜裡，在失去食慾的白天，我可以感到自己的內在有一個受傷的部份，必須不斷安撫，以擁抱一頭貓的力度對自己說，面對暴力的巨浪，保持不被暴力帶走的定靜，同時不成為被暴力感染的一員。

七月十二日（星期五）

中醫診所裡有一種微甘帶澀的氣味，在盛暑之中，令人感到躲進陰影般的清涼。對我來說，選擇中醫而不是西醫，讓毒素從身體深處經過自己然後排出，而不是直接遏制，本來就像一個面對自己陰暗面的過程。醫師問症、把脈，給予建議後問我：「要自己煎藥還是我們代煎？」我看了看躺在地上大量注滿藥湯的膠瓶，想起遠方的北極熊骨瘦嶙峋的模樣，知道如果要診所代煎，他們必會把煎了的藥湯放在幾個膠瓶內。我說：「我自己煎。」

實在，煎藥也是治療過程的一部份。我喜歡研究醫師的藥單，細看每種藥材，上網查閱它們配搭彼此後藥效有何不同。有說，藥單中藥材種類愈少，表示醫術愈高，斷症愈準確。然後我會把每種藥材從包裝裡掏出來，嗅它摸它細看它。茹素的我，覺得黨參熬湯會散發肉類的暖意。不去籽的大紅棗暗示了醫師對我虛寒的判決。我曾經看著藥材摻雜昆蟲的足部感到不解，配藥員氣定神閒地說：「這是蟬蛻。」

在鍋子裡注進水，看著藥材在熱水中慢慢揮發本性，互相影響，彼此滲透，奉獻自己的精華，成為藥湯。有時火候太猛，剩下的藥湯太少，有時慢火太慢，藥湯又剩下太多，但經驗會換來對藥湯的了解。

去掉藥渣時，我會觸摸微暖已軟化的藥材，在珍惜的過程裡，人會獲得更多。

要是讓診所替我煎藥，我只需把藥灌進口腔，那會非常方便，可是方便也剝奪了生活的細節，而生命的質感，其實是由所有瑣碎的日常的細節交織而成。

七月十四日（星期日）午

在中環站等車時，看見月台上兩名年輕人被執法者查身份證。我無法從外表判斷他們為何被懷疑，只是不知道從何時開始，年輕成了一種可疑的狀況。年輕人臉上有一種屈辱而壓抑憤怒的神情。

也不知從何時開始，執法者令人感到危險。

我有一點想要爆炸，便上了車。

高中時的社會學老師曾在課堂上說，執法者和黑社會身上有非常近似的特質，黑和白有相通的部份。那是警民關係良好的年代，而且當年的警務署長其實是社會學老師的中學同學，際遇不同，但他對執法者並無惡感，他大概只是很早就洞悉了一點什麼，很平靜地指出了一種本質。那時候我們不明白，他說，執法者工作時，罪犯有時是對手，有時是幫手。

幾年後，他移居美國，在那裡，他最初是治療師，後來成了牧師。我們曾經頻繁地寫信，但後來自願失散。有時會在手機收到他的集體短訊，都是經文。我知道，如果感到困惑仍可找他，但我覺得，有個人像燈塔那樣存在，而不要打擾更好。

七月十四日（星期日）夜

已有一段時間，這城市由一群瀕臨瘋狂的人管治，他們穿著制服，或不穿制服，手上有配槍和棍子，腳踏硬靴，持著盾牌。他們對真正的罪犯已失去興趣。他們像一群飢餓的獸，必須逮到一些麻煩製造者，以自己的方式懲戒他們，讓麻煩製造者痛苦，因為他們心裡的憤怒，也令他們非常痛苦。

他們不配戴委任證，制服上也沒有編號，面罩上貼上了反光膠紙，即使被拍下照片，也沒有人能辨認他們。沒有人知道他們是誰，他們就可以做任何事。

反正，法律已不存在，因為執法者和犯法者是同一批人。只要手上握有武器，誰比較兇暴，就是勝出者。

我告訴白果，這樣的不義和憤恨，不容易消化，那是集體的委屈，如果暴力看來無邊無際，人們就會想到以一種終極的暴力去化解，那就是殺掉自己。

白果說：「人很奇怪。我不明白這樣的生物。我認識的其他動物，在任何情況下也不會主動結束自己的生命，當然，也不會無故殺掉同類。」

「為什麼貓沒有想過殺掉自己？」我問白果。

「任何生物，時候到了就會死。任何事情都有終結。」貓側著頭想了一下，似乎在想，該如何讓我明白。「因為要活著，經歷這一切，積累了知道的事，帶著到下一生。此生學會了的事，會過渡到下一輩子，還沒有學會的，下輩子就繼續。我們不會想太多，但我知道，你有興趣的可能是，看著人性的深度，如何極端地善，或極端地惡。」

「如果輪迴不存在？」我問。

「如果我今天死了，肉身腐爛，化成泥裡的養份，成為樹的一部份，花的一部份，果實的一部份。靈魂也一樣。」貓說。「生命沒有真正的終結，所以我們不殺掉自己。」

「你如何知道這些？」

貓爬上了我的大腿：「我不是第一次來到這世界，你也不是，所以我們現在又相遇了。」

七月十五日（星期一）

昨天沒有到現場去。狀態不好，像一顆快要爆炸的火球，殼很薄，動輒崩潰。例如，只是去看一個劇場，到了劇院，在別人的膝蓋和前方的椅背之間走過，不得不碰到陌生人的身體，也感到異常焦慮，最後只能換到路邊的位置，起碼有一邊沒有人，才能呼吸。於是我知道，與外在環境或身邊的人無關，只是身體內的獸在不安地踱步。

覺得很痛。看到衝突的照片。不敢看影片。因為類似的殘忍，腦裡已囤積了過多的影像。不慎看了斷指照，覺得很痛。早上洗頭時，想到斷了指頭的人洗頭也會很痛，就覺得難過。我沒法因為斷了手指的人是執法者，而感到高興，無論如何，他也是跟每一個人有著相似肉身的人，同樣活在這城市裡的人。由斷了手指的痛，又通往了被插眼睛的人的痛苦。那時他已被制伏在地，手腳也無法動彈，眼睛卻承受劇痛，那是一種怎樣的無助和恐懼，我不敢細想。因為斷指有照片，血的照片會刺激感官，引來注視，也有警務署長的譴責，因此斷指的人現在起碼是安全的。但被插眼睛的人呢？誰都知道，沒有照片，沒有消息，石沉大海的暴力受害者，才是在最艱難的處境之中，他們在漆黑無人的夜裡。他們的傷勢不被發現，他們的呼喊沒有人聽見，他們或許仍在遭受更多的暴力。最可怕的暴力，肉眼根本無法發現，但每個人都感到。

即使如此，還是沒去對執法者抱持著真正的恨意，因為我知道，他們是工具。紀律部隊就是服從紀律大於個人意志的人，上級之上又有上級，最後失去了自己。那些衝突的場面，我只是看到無意義的殘忍。從中央的專制政權壓向特首、從冷漠的特首壓向警務署長，從鐵了心的警務署長壓向執法者，快要瘋狂的執法者壓向正在逃跑的瘦弱女生。在一層又一層的壓迫中，掀開了每個人深層的恐懼。

人和人之間的恨意和憤怒，常常因為種族、國藉、語言、膚色、立場和意見不同而引起。如果斷指的執法者，下班後碰見被插眼的先生，如果當時被插眼的先生並不在抗爭的行列中，如果那天沒有示威，如果《逃犯條例》的修訂沒有出現……那麼，他們只是擦肩而過的路人。他們之間根本沒有任何個人的仇恨。這一切到底是為了什麼。

成立獨立調查委員會吧。這一切不能無止境地延續下去。

肉身完好，但有很多個夜裡，半夜突然醒來，只是覺得異常可怖，原因不明的。醫師說是過勞，但我覺得「過勞」是必須渡過的疲勞。需要一點時間，梳理身體內的獸，讓牠回復安穩、平靜和強壯。沒有人應該留在家裡批判或譴責，行動可以驅散無力感，在行動之中，思路會更完整和清晰。我還是希望盡快再走出去，在最深的恐懼中，發現安靜的力量。

七月十六日（星期二）

空氣中充滿仇恨和委屈的七月，我想起多年前看過的電影《鋼琴戰曲》，取材自猶太裔波蘭鋼琴家瓦迪斯瓦夫的回憶錄。納粹德軍入侵波蘭，種族清洗猶太人，鋼琴家只有跟家人永別，到處逃亡匿藏，看過猶太人平民冒死反抗，最後被大屠殺，他自己也多次徘徊死亡邊緣。某次，他的寓所被炸毀，只能到街上流浪，飢寒交迫之下，在一個荒廢多時的德國大本營找到一個罐頭，不過，卻沒有任何器具可以打開它。餓瘋了的他不由得用盡所有方法開罐，巨響引來了德軍歐森菲德上校注意。他認出了鋼琴家是猶太人，卻沒想過要殺他，只是要求他為自己彈奏一曲。另一天，上校不止帶來了開罐器，還有食物和各種用品。不久，德國戰敗，集中營被解放，鋼琴家回到正常生活，重操故業，上校卻成為了戰俘。當鋼琴家輾轉得到上校的消息，想要去戰俘營拯救他時，卻遍尋不果。其實，上校已死在俄國的勞改營。

鋼琴家和上校都無法選擇自己的膚色、國藉和身份，但他們同時選擇了在患難時雪中送炭，即使國族和命運比他們的意志更強大，但他們盡力實踐了善。

同為猶太裔波蘭人的導演波蘭斯基，曾經被關進集中營，但僥倖逃脫，成為了導演後，新婚一年的愛妻卻在寓所裡被殺人集團殺害。對於沒有原因的仇恨，波蘭斯基已深切地體會過，就像到過地獄的人，之後重回人間，也只能身在人間和地獄中央的狹縫裡。

或許，導演波蘭斯基在生命裡多次多回地獄和人間，才洞悉了人性中隱藏在深坑裡的細密部份。然而，要創作出傑作，單是命途多舛並不足夠，還需要藝術造詣和直面記憶的勇氣。同樣經歷過慘絕人寰種族清洗集中營的猶太裔意大利作家普利摩·李維，在回憶錄《滅頂與生還》中描述納粹德軍曾這樣恫嚇營內的猶太人俘虜：「這裡的毒氣室、化學工場和你們的屍首將會被完全焚化，不留任何證據和痕跡，歷史上不會有人知道你們在這裡的事。」當集中營解放後，部份生還者選擇否定這段記憶，因為要是他們仍然在腦海內保留這些喪盡天良的經歷，就得花上氣力去理解人性何以致此，會失去在正常世界生活所必須存有的信任和希望。

當城市裡的謊言愈來愈眾多而普遍，保存真實的記憶需要付出高昂的代價。要是相信執法者執行任務時，手指被示威者咬斷一截，那麼只需要逮捕製造事端的異見者，更深層的問題就不需解決。但只要細看，執法者的手指被咬斷，是因為他把手指插進一名已被制伏在地的示威者的眼睛裡，事情就會曝露出複雜的一面。

成立獨立調查委員會不一定能終止所有的暴力，卻是誠實面對一切的第一步。每一次的大型衝突都是一場戰爭，痛苦有很深的感染力，傳遞到每一個在場或不在場的人。一直積累蔓延的黑暗和傷害，還會跨越城市、國家，甚至時空的邊界，存留在人類共同的記憶裡。

七月十八日（星期四）

有時候，早上醒來會感到抑鬱。抑鬱像某天的煙霞，沒有明確的理由，而為了活下去，人還是要學會跟渾濁的空氣共處。

和抑鬱共處的日子，有這樣的順序：起床後，把那天當作是生命裡的最後一天。先打掃一下房子，把空間當作心那樣仔細拭抹，然後為貓梳毛，當人處於幽暗的狀況，對一切都格外敏銳，和眾生能和緩相待，就騷到貓的癢處。當貓伸展四肢呼嚕呼嚕地表示滿意，那是第一抹難得的光線。接著，到街上走走，散步，讓環境轉換，身子內的氣血流動，是一種有效的療法。打電話給家人或好友，對他們說，喜歡他們，讓他們知道自己的存在是多麼重要。如果走進了咖啡店，點餐時對店員微笑。如果走進了超市，結帳時對收銀員微笑。如果接到銀行職員的電話，耐心地聽他解釋低息貸款計劃，微笑對他說，很感謝他，但暫時用不著這服務，掛線前要說再見，讓他感到被尊重。每個人都有自己的難處。曾經有一次，接到推廣借款的電話，我漫不經心地說：「不用，我有錢。」對方非常生氣：「不用就不用，為何還要說這樣的話！」我呆了，卻聽到了他沒法選擇自己的工作，每天都要打許多電話，每天都要被拒絕許多遍。

抑鬱是修練慈悲的機會。

那天結束時，我會在床上數算此生值得感恩的人和事。睡眠即小死。另一天，如果有機會醒來，我知道，那是倖存的生命，即使那也是抑鬱的一天。

七月二十一日（星期日）　黃昏

天色晚了，卻在遊行隊伍中發現一個獅子頭，紙製，立體，精緻非常。「獅子王」，該是為了回應撕紙王吧。

除了像流動之河那樣到處延伸的連儂牆、各式自製的牌子、毫無預警地喊出的口號、突然哼唱的歌曲、能走多遠就走多遠的路線，還有許多尚未爆發的力量。

那些在沉默時積聚和生長的東西，沒有人能預料破土而出後會變成什麼。

七月二十一日（星期日） 深夜

雨傘運動之後，曾有台灣朋友對我說：為了抗爭，你們預備好了流血和更大的犧牲嗎？那時我不確定。

壓抑的幾年過去了，這裡有許多政治犯，在抗爭中，有人流血、有人永久地傷殘、有人殺掉了自己、有人不顧性命安危一直向前衝。警察不配戴委任證。

今夜，有一群疑似黑社會的白衣人在地鐵上一直追著人來棍打，地上全是鮮血。白衣人既然不是警察，就毫無顧慮。執政的人似乎也在如水流動。警和匪，善和惡，事物和事物之間的界線愈來愈含糊。

散播恐懼一直都是專制政權管治的手段，從六月至七月，我一直在看著這些恐懼，如何成形，如何成了每個人頭上的烏雲。這些考驗就像要在一個惡夢裡禪定。這些功課全都很難。

七月二十二日（星期一） 清晨

我相信因果。只是並非完全明白，因果的運作方式。所謂因果業報，並非今天給了行乞者十元，明天便中了六合彩之類的快速簡單模式。每天都發生那麼多的事情，業在身語意之間迅速運轉，寄生在每個人身上的因果，就有更複雜的醞釀、成熟和誕生的路徑。

我無法睡。一整夜不睡的結果，就是血虛的情況更嚴重。我想睡，但睡不了，腦袋在暴力和因果之間運轉。

今天，這一邊，元朗地鐵站發生幾百個白衣黑幫無差別毆打民眾事件，沒有職員，車長停車開門，任由白衣人進入車廂用棍對乘客暴打，致電九九九沒有人接聽，警察在白衣人離開後才到場，而在警察離開後，白衣人再在連接地鐵站的商場內無差別暴打途人。沒有人來。

另一邊，上環的防暴警對示威民眾開了三十六槍，有人頭部中槍，有人眼睛中槍。

這裡再也不是安全的城市。地底深處的惡意一再被挖出來。

幾天前，讀了《金剛經》內一個關於「忍辱」的故事。佛陀描述了他在多生多世之前，曾有一世是僧侶，外號「忍辱」大師。那天，他在一個森林裡背靠大樹禪修打坐。那森林是歌利王及其隨從狩獵之地，而歌利王則以兇殘橫蠻聞名。王后那天也跟歌利王一起出宮，在男人們尋找獵物的時候，王后賞花遊玩時遇上正在禪修的大師，非常誠心向佛的她上前打斷了大師的禪修，向他請教各種靈性問題。他們熱切地交談的情況，被追捕獵物的歌利王看到，他認為這二人必有姦情，於是，命人把大師綁在木樁上，四肢大開，然後，他慢慢地，把大師的手指、腳趾，還有身體的其他部份，一個關節一個關節地切開。

受盡痛苦的大師如何忍受呢。所謂忍辱，並非壓抑，也不是虛假地對自己說，身體是虛無的，因為痛苦的感受如此血淋淋無可迴避。忍辱大師當時的面對方法是，無相。沒有自我的概念（我相），沒有眾生的概念（眾生相），也沒有永生不滅的概念（壽者相）。在忍受著難以想像的痛苦之時，大師心裡沒有任何真實的概念，他只知道要忍耐這痛苦，不去怨恨傷害他的人。

對我來說，問題就在於如何「不去怨恨傷害自己的人」。憤怒的時候，那麼想要讓加害自己的人下地獄，可是，真實的情況卻是，憤怒讓憤怒者創造了地獄給自己居住。忍辱大師洞悉了，自己是業的承受者，而暴虐的歌利王被心裡淫穢的念頭掌控，所以他看見了大師和王后談話便看到了偷情的景像。歌利王雖然對大師行了酷刑，但他行刑的真正對象卻非大師而是自己的無明。大師要忍辱，因為他知道，若對加害者生了怨念，就是為自己創造了新的業，這怨恨之業必有新的果報。他忍辱是為了停止仇恨的業。

執法者向群眾開了槍，子彈傷了人，或會造成永久的殘害，但驅使執法者開槍的卻不是他眼前的人；白衣人無差別毆打民眾，造成了民眾身和心的傷害，也傷害了整個社會的信任，但白衣幫要傷害的卻不是眼前的人。那些權力的持分者侵蝕我們，卻不是為了這裡的任何一個人。

遊行的時候，聽到「林鄭落地獄」的口號，但我有時覺得，這裡像一個地獄。如果有些什麼令我感到有希望，大概就是一些在暴力和恐懼充斥四周時，仍然勇敢地不懷任何怨恨，做該做的事的人。例如在六一二當天被塑膠彈傷了右眼，視力幾乎全失的老師，或，為了保護一個被十多個白衣人圍群的市民，而被打得頭破血流的前主播。也有許多，沒有被報導，在恐慌時，仍然良善慷慨，做該做的事的無名者。我知道他們一直都在，就像上帝和眾神，一直都在。

我始終相信，因果報應。只是，因果循環的時間，往往不是人所能理解的。或許，一百年後，沒有你也沒有我的時候，今天的因所種下的果才會成熟。在複雜的，看來難以理解的因和果之間，人還是要好好地活著，以自己所受的苦，盡力理解他人，種下善良的因。

七月二十三日（星期二）

那夜，地鐵裡發生大量白衣人群毆乘客，執法者遲遲沒有到達現場，沒有人來，始終沒有人來幫助。我在家裡，從直播現場情況的熒幕看到事情的發生，然而無法行動。旁觀是一種殘忍的體驗。

難以入眠的夜裡，不安在全身的血液裡竄動的感覺，令我想起青少年時期遭遇欺凌的經驗。那是一種集體的被凌虐的無助感。有人說，青春期的人容易流露人類天性中的殘暴，他們還沒有被文明的規範完全同化。

我曾經相信在這城市生活是安全的，包括，乘車或到任何地方蹓躂，也不必擔心和顧慮，而執法部門會因應報案而在短時間內出現。當每個人都知道，無差別的毆打事件是被默許的，而當權者一再說出沒有人相信的謊言，有足夠的條件置身事外的人視而不見或冷漠地觀看一切，受害而呼救但不會得到幫助，我想起一種遺忘已久的感覺，那是置身在荒蠻之中的疏離感。

製造混亂，讓恐懼在社會急速蔓延，是專制政權常用的管治方式，然而，當人們心生恐懼，表現出來的卻不一定是退讓或就範。恐懼常常以不同的面貌體現，憤怒、仇恨、敵視、抗拒，以致更大的暴力和反抗，都是恐懼的變化式。實在，人性之惡的終極源頭，往往就是恐懼。

人們對一個城市的安全感，要從很多瑣碎而必要的日常生活事情中一點一點地慢慢建立，然而信賴的崩壞卻可以在一夜之間。那夜，許多人難以成眠。

七月二十四日（星期三）

我告訴醫師，夜裡醒來，總是沒有緣由地感到害怕。他點了點頭說，血虛的人總是容易陷於恐懼。「其他呢？」他問。

我想了一下，除此以外，一切都是淡淡的，像一杯微溫開水。他說這是血虛者常見的漠然無感。

「那麼，當氣血運行暢通時，所有該有的症狀，不管是肩背和肌肉的痛楚，偏頭痛和腹痛，都會再次浮現。」他要我作出心理準備迎接將要出現的情況：「人們總是以為這是健康轉壞的徵兆，卻不知道，只有身體有足夠的元氣，所有的疼痛才有力量坦誠地出現。」

城市會不會也像一個巨大的肉身？等待配藥的時候，我在思考表象和真相之間，在黑和白之間的每一個灰度，都是黑和白角力後混和的結果。如果城市的土地像皮膚，這幾年來，它就在經歷異常迅速的新陳代謝，以致我常常感到，沒有離開過這裡，但這裡的面貌卻不斷變更，從地底深處湧現的惡意和始料不及的事情源源不絕地傾瀉出來。從表面看來，原有的秩序已脫了常軌，執法者不一定會執法、外出可能會被無差別地襲擊、記者和救護員在工作時可能會被毆打，而被暴虐的人則被當作兇徒。但中醫師說過，最虛弱的身體，根本沒有能量生出病徵，以致在明顯疾病下可能突然死亡，只有藏在身子深處的失衡，成了明顯可見的病症，才有治癒的希望。

表面看起來壞透的現狀，可能暗藏著祝福，而好事，卻也有可能是朽壞的胚胎。

七月二十六日（星期五）

最初，我以為，警察只是在人們有危險時，不願執法，或選擇性地執法。但現在終於確定了，警察手上有武器，而且他們似乎也信奉弱肉強食的邏輯，遇到他們不喜歡的人，便會進入地鐵站追著那些人暴打，直至那些人流血倒地昏迷。

記得某次在現場，逃避催淚彈胡椒彈去了地鐵站，友人問：「警察會追進來嗎？」那時我們想，地鐵站是安全了。那是因為當時我們還相信文明社會有一些每個人都會遵守的底線和準則，我們還相信人性中有一些閘門還沒有崩壞。可是人性和文明有時也脆弱得像一件毛衣，一根線斷了，破洞就會不斷擴大。墮落是很容易的事。

上周，在地鐵站無差別毆打乘客的白衣人令人恐懼和憤恨，遲遲不來的警察令人暴怒，今天，速龍衝進地鐵站內傷人至流血昏迷。城市已完全被仇恨接管。

奉公守法，交稅給一群紀律部隊，讓他們把自身的情緒以棍子和子彈發泄在人們身上。

無法若無其事，無法信任政府、公共機關和日常樞紐上的每一個環節。每天都要重新認識這個地方，調整過活的心思和方法。每天都要用一種新的心態，面對仇恨和欺凌，就像要在一個漆黑的夜裡尋找光，在佈滿猛獸的森林裡找一個洞穴暫時躲藏。

七月二十八日（星期日）

有許多年，N常常提及童年時期一件影響他至深的小事。那時候，他們一家四口住在狹窄的劏房裡，父母為生活奔波勞碌，N每天帶著比他小兩年的弟弟一起溫習或玩樂。那年，他唸小六，考試前幾天，和弟弟去文具店，打算購買考試用的盒子。在店中，看到考試盒的標價，再看看掌心裡的零用錢，發現還差一塊錢，才能買兩個考試盒。兄弟倆把零錢數算了一遍又一遍，硬幣仍然不足夠，正在失望和徬徨的時候，一位年紀比他們大一點點的女生走到他們身前，把一元塞到他們手上說：「給你。」N認為，女生可能聽到他們的對話。兄弟倆感激又喜出望外，便高興地一人拿著一個考試盒離開。N把這件事放在心裡許多年，有空時便掏出來回味。

如果記憶也有質感，隨著時間過去而產生變化，那段記憶必定已經帶著一種灰黃的復刻的顏色。與其說，人的個性被經歷和命運所塑造，我更傾向相信，人們選擇記住什麼，以及如何詮釋那段回憶，就會成為怎樣的人。N對於文具店的女生在他們手頭拮据時，無條件地給他們一塊錢，視為一種人和人之間不問因由也不望回報的善意，也是，必要時慷概相助的可能。他把這段記憶放在腦袋內的珍寶箱之中，成為他對這個世界的觀感的一個重要的部份。由此，他透過自身的濾鏡所看出去的世界，都有一種溫暖可親的色澤。

剛剛認識他的時候，我就感到這一點。那些對世界充滿安全感和信任的人，身上都會散發出一種氣息，那是，體質陰冷如我的人所沒有。N對於生活上那些細瑣的事情，都抱持著不拘小節的態度，我卻必須逐一鑽進所有的死胡同裡去，細看藏在無人到達之處的風景。我和他好像從兩個截然不同的角度觀看這個世界，有許多年，我暗暗感到，自己在借用他的陽光，因為我這邊的世界總是在下雨，潮濕從不停止。那些令我惴惴不安的、絕望的狀況，對他來說卻是杞人憂天，他總是相信，事在人為，只要遵從一定的模式不斷努力，就可以創造自己理想中的生活。因為他那麼堅定，我漸漸相信，我那個總是陰雲密佈的天空其實是假的，而幸福總是在我身旁。但幸福是一片不知什麼時候出現地震的土地，我不得不總是注視著它。擔憂，一種等待災難成真的力量。

我和他失散了之後，比從前更常想到他，或許是因為我總是感到四周潮濕寒冷而欠缺躲藏之處。他的影子是一個安全的洞穴。然而，每一場分離都有著一個必要的理由，因為離別會引領我們抵達另一個目的地。那是靈魂的選擇，有些人會說那是命運，為了成長而必須經歷的撕裂，要是蝴蝶不願破繭，就只能是悶死在繭裡的毛蟲，但蛻變之後，毛蟲再也不是原來的自己了。這難免有一點悲傷。

於是在許多感到不安的時刻，尤其是，城市已經面目全非的時候，既有秩序漸漸崩壞，可以倚靠的逐漸透現出其脆弱不堪一擊的本質時，我會想，如果N仍在身旁，我是否可以告訴自己，世界並沒有那麼壞，一切終於會回復正常？

就像文具店的女生成為了N所珍視的無條件之愛的回憶，N也成為了我記憶裡的重要收藏品，或許，我也是別人記憶皮箱裡的一塊，每個人都是別人的回憶之環，一個環緊扣著另一個環，構成了一個年代的集體意識、小寫的歷史，終將散失的信念。

人不斷被自己的回憶所形塑。我的回憶空間非常擠擁，大部份都是黑壓壓的佈滿灰塵和蟲蟎的過去，只有N的那一段，帶著光亮的善意。

七月二十九日（星期一）

心神和社會一般紛亂的日子，重讀村上春樹的報告文學《地下鐵事件》，關於一九九五年，由奧姆真理教在東京地下鐵發動的恐怖襲擊。他們在早上的繁忙時間，帶著盛載沙林毒氣的膠袋，放置在幾條主要路線的五班列車內，引致十三人死亡，六千多人受傷，其中有許多人，出院後患上創傷症候群。

地鐵作為城市的主要交通工具，許多人每天的必經之地，在那裡無故地無差別地受襲，自此從命運的一端跨到另一端，可能是死亡的彼岸，可見或不可見的傷殘，生活從此沒有回到原狀。事發一年後，村上卻以小說家的身份，從六千多個倖存者中，隨機抽出六十多個進行詳細的訪談。法庭固然可以把兇徒審判和制裁，然而作為小說家，村上關心的不止是公義和法理，而是社會的深層積累了什麼，才會發生這樣的事？恐襲是一樁外在的事件，反映人心裡的扭曲狀況。文學訪談不同於一般的新聞報導，而更近於往倖存者的佈滿陰影的內心挖掘，不止還原真相，還有把傷口以問題切開，以不帶任何立場的聆聽消毒，再以文字呈現來縫合。

一邊讀，一邊想起元朗西鐵站的白衣人圍毆乘客事件，警察遲遲不來，呼天不應叫地不聞的時刻，人們的心裡萌生又爆發了什麼？世上的災難數之不盡，要是慢慢地探進所有經歷過災難的人的心裡去，或許，受傷的心非常深的部份，都有著可以來往共通的迴路。

《地下鐵事件》出版之後幾年，村上春樹再以相同的方式，訪問奧姆真理教的幾名信徒，輯錄成《約束的場所》。一九九五年春天在東京地下鐵沙林毒氣事件的策劃者奧姆真理教教主麻原彰晃及其九名信徒，後來全被緝捕歸案。《地下鐵事件》中呈現了被害者的面貌，《約束的場所》則是幾乎與世隔絕的信徒，如何面對教主的謊言和自己的信念同時被戳破。

從文學的角度所反映的一宗社會事件，沒有對和錯的判決，只有各個當事人翻開了各自複雜的生活軌跡，以事件為連結點，投射出不同的面向。如果說，在地鐵裡施放毒氣無差別對攻擊乘客，是一種純粹的惡，那麼，作者不帶立場也沒有前設地對於被訪者無條件聆聽，就帶著文學所蘊藏的純粹之善。

寫作看來是發聲，不過，在下筆之前必須經歷長久的醞釀、沉澱和過濾。聆聽整個世界的聲音，就是這過程中不可或缺的一部份。

無條件的聆聽又和寫作中的「零度經驗」相關。「零度經驗」就是，假想自己第一次認識面前的一切，暫時放下既有的看法、身份和價值觀，不加任何批判地細察眼前的人的臉面、經歷、想法和情感。

我不知道，無差別襲擊所帶來的傷口，是否能以無差別的聆聽來療癒。只是，那些激烈的衝突，是因為有很長的一段日子以來，每個人都急著吐出說話，卻沒有人能真正敞開自己接收異己的聲音，因此也沒有誰有能力可以回應什麼。

七月三十日（星期二）

每個人都只有一副肉身。

抗爭第五十天，執法者的手法愈來愈殘暴。幾年前，當他們圍毆一名示威者，會把他拖到暗角。現在，執法者穿上了全副裝備的制服，戴上了頭盔、眼罩和面罩，遮蔽了他們的容貌，讓他們在清場時暫時忘記了自己個人的一切，包括休班時和家人吃飯時的談話、和朋友相聚的片刻、童年記憶、成為執法者前的事情，所有細緻的情感，當他們在工作，「個人」的特徵就被抹去，成為「執法者」的整體中一個組成的部份。可是，我仍然會好奇，完成任務的晚上，他們會做怎樣的夢？當他們知道，晚上不斷施放的催淚彈波及附近的民居、朝示威著頭部和上半身發射的橡膠子彈、布袋彈和海綿彈，造成了那個人永久失明、內傷或頭部受傷。多年後，執法者或會碰到那批已經不再示威的人，而且發現他們身上的傷疤有一部份或許由自己所造成，心裡會生出怎樣的變化。

抗爭第五十天，執法者並不拘捕無差別毆打市民的真正暴徒，可是被捕的抗爭者愈來愈多，有女生被捕後，就在記者的鏡頭前被男執法者暴打，打得倒在地上。有女生被男執法者搜身。受傷的人被捕後，執法者不讓他們送院檢查。有人的頭盔被射穿。執法者站在天橋上向橋下的人開槍。人無論在任何時候，都不該被當作練習槍擊的活靶。而這裡，曾被喻為國際大都會。抗爭者守著的並不是前線，而是一個作為世界交會點的城市裡，最後一道文明和自由的防線。

不知要在什麼時候，這一切的暴力才能終止，而這樣的執法者才能接受審訊。

抗爭第五十天，不要走來對我說，因為我太善良才會對這一切感到驚訝，實在，我並不驚訝，只是在對抗麻木。血流了這麼多天，人們對流血的場面，好像在產生本能的適應力。然而這一切不應該如此發生，而應該要一直執著地問，究竟是為了什麼。

每個人心裡至少住著一頭惡魔，人和人之間的分別只是如何豢養和管束內心之惡。即使這裡充滿惡意，我還是不會餵養心裡的惡魔。歷史上許多可怕的災難，都是因為人們往惡意發揮無窮無盡的想像力，並付諸實行。

我只是在等待一種新的平衡出現，在看來無盡的暴力，和無盡的忍耐和承受之間，果陀可能會出現。

七月三十一日（星期三）

位於我家樓下的四川菜餐廳，食物辣中帶著鮮甜，午飯時間，總是擠滿了人。餐廳的牆上掛著一部電視機，那裡無時無刻都在播放無線翡翠台的節目。

有許多次，當我在那裡午餐，電視機的畫面都在播放午間新聞。餐廳的食客似乎認為，食物比電視吸引，停留在熒幕的眼睛總是寥寥可數。

大約一個月之前，有一桌女食客看了看新聞後說：「示威者阻礙別人正常生活！」兩周前，元朗西鐵站發生無差別毆打事件後的次天，我居住的地區在一片恍如戒嚴般的緊張氣氛中，那天的餐廳客人格外稀少，只有一桌穿黑衣的男人，他們不看電視，也不交談，只是以一種理直氣壯的神色坐在那裡專心地吃飯，就像在說：「有什麼好害怕？」幾天前，一桌穿著不同顏色衣服的男女在討論反修例事件各種可能的出路。今天，餐廳的電視機在播放午間新聞，關於早上在地鐵的不合作運動，影片中，車廂內一位中年的先生低著頭、雙手合什地對著擠得滿滿的憤怒的臉容不住在說：「對不起，請你們忍耐。」眾人怒吼：「我們忍了很久，車子很久也無法開出。」那位中年的先生繼續道歉，然後說：「請體諒，難道你們忍心看著那麼多年輕人在街上被暴打？」我不知道，車內不滿的乘客是否關心有哪些人被暴虐，只是那位不住道歉的中年先生，卻讓我看到一種為了更大的價值放下自我的亮光。處於中年的男性，或許是非常重視尊嚴和尊重的時期，但他看到社會正在承受比列車受阻更深重的苦楚，在不理解的人之前，他願意忍耐向他丟過去的其實並非因他而起的憤怒，彎下了本來挺直的腰。

沒有人知道看似無盡頭的抗爭，最後會出現什麼結果，也有人說，希望是渺茫的。正如歷史上的抗爭，多半以失敗告終，而歷史，又總是比每個人的生命都漫長。可是其中深具意義的其實並非結果，而是在過程中，每個參與其中的人，為了爭取比個人更大的價值，而把自己儲蓄在後備區域的潛能突然爆發的瞬間。

無論如何都要順利和準時地上班和努力工作，其實並不止是這個城市的人，而是在資本主義社會長大的人的共同習性。村上春樹在報導文學作品《地下鐵事件》中訪問六十多名在東京地鐵沙林毒氣事件的受害者，他們都在早上繁忙時間乘搭地鐵上班時遇上這無差別的襲擊。被毒氣侵害之後，他們眼睛疼痛以至視力模糊、流眼水、鼻水、頭痛、嘔吐、呼吸困難等強烈地不適，可是幾乎所有受訪者都不以為然地打算繼續乘搭下一班列車，或步行到公司，或以其他方式上班。普利摩利維在集中營回憶錄《滅頂與生還》中提及，集中營內的俘虜在食物和衣物不足，受盡虐待，隨時都有生命危險的情況下，即使知道，在工作時放慢手腳，才能保住虛弱的身體，可是，他們卻常常不自覺地盡力工作，那不是理性的選擇，而是身體深處的習性在作祟，畢竟，社會的教育就是：必須努力工作，人也是在竭盡所能地工作中才能尋到生命意義。

而抗爭和罷工則是一種例外狀況，企圖召喚人們反省或改變那些已經變壞的習性。抗爭從最初反對可疑的修訂條例，慢慢地旁及了更多更深遠的問題——警權過大、疑似警黑合作、濫捕濫控……企圖動搖的問題根源愈深，改變愈難發現，那些看似無法推翻的現狀，其實正在一點一點地轉化，只是，所需的時間可能比每個人在世上的時光更長。

抗爭看似是一種激進的行動，但起源卻是熱情和愛。有人說，愛一個人就是不帶任何期望地瞭解他／她。愛一個人或許可以是一件簡單的事，但愛一個城市卻會被許多不穩定的因素所影響。每個曾經深深地愛過的人都會知道，不夠深的愛難免會帶來多於快樂的傷害，而最深的愛，並不期望改變對方，只是自己必會脫胎換骨。沒有一種愛是徒勞無功，只要曾經不顧一切地愛過，就會更接近生命的核心。我想，這也是每一種抗爭最終的意義。

八月

八月二日——公務員史上首次以公職身份發起集會「公僕仝人，與民同行」，同日，醫護界也舉行集會。

八月三日——民間發起「旺角再遊行」，共十二萬人上街示威。晚間，黃大仙居民不滿警方衝入地鐵站追捕示威者，一度包圍警察宿舍。

八月四日——民間舉辦將軍澳、港島西區集會，快閃式與警方對峙。

八月五日——「全港三罷，七區開花」行動。罷市、罷工、罷課、癱瘓交通等「不合作運動」要求林鄭月娥道歉和下台。數百航班被取消。警方拘捕一百四十八人，施發大量催淚彈，又發射海綿彈和橡膠子彈。

八月六日——香港浸會大學學生會會長方仲賢購買觀星用雷射筆後，被警員以其藏有攻擊性武器「雷射槍」拘捕，數百名市民不滿，包圍深水埗警署。

八月七日——法律界第二次黑衣靜默遊行。晚上，上千名香港市民在太空館外集體用雷射筆觀星，抗議警方無理濫捕。

八月十一日——早上，民眾在深水埗和港島東遊行，下午開始，警方暴力鎮壓，一名女救護員遭射爆一眼眼球，永久失明；警方於葵芳地鐵站內施放催淚彈、在太古地鐵站的扶手梯上推擠至民眾和示威者摔倒、近距離向民眾發射鎮暴子彈。其後，警方承認有喬裝成不同人物混入示威者。

八月十二日——逾萬名抗議人士到機場進行「警察還眼」集會，香港機場管理局取消近三百班航班。

八月十三日——針對八一一警方所使用的武力，聯合國譴責警方違反國際規範，促港府盡快調查。

八月十八日——民主人權陣線發起「止警暴，制黑亂」流水式集會，暴雨下一百七十萬人上街，那是難得的一個沒有催淚彈的周末。

八月二十一日——「七二一」事件一個月，大批市民到元朗站靜坐，晚間演變成警民對峙；國泰港龍航空空勤人員協會主席施安娜及多名員工因個人在臉書言論被公司無理解僱，陷「白色恐怖」。

八月二十三日——民間發起「港人之路」人鏈活動，沿港鐵路線牽手組成人鏈，延伸至獅子山上。

八月二十四日——觀塘區遊行，港鐵在午間起即停駛觀塘至黃大仙站線路。有示威者鋸斷多根燈柱發現其中懷疑有辨別臉容及收集個人資料的設置。至晚間，警民對峙，二十九人被捕。

八月二十五日——「荃葵青大遊行」，警方首次出動水炮車驅散人群，又以真槍實彈指向示威者，對天鳴槍，並踹倒跪地勸阻市民。共三十六人被捕，包括一名十二歲男童。

八月二十九日——警方開始大規模抓捕與抗爭有關人士，包括前香港民族黨召集人陳浩天以及前港大學生會會長孫曉嵐等。

八月三十日——香港眾志秘書長黃之鋒、香港眾志成員周庭以及四名曾參與反送中抗爭的立法會議員鄭松泰、區諾軒及譚文豪等在一天之內相繼被捕。

八月三十一日——民陣發起「八三一大遊行」，獲警方的反對通知書，但民間如舊遊行。晚間，鎮暴警察及速龍衝進太子地鐵站無差別棍打手無寸鐵的市民，向跪地求饒民眾噴胡椒霧，並當場拘捕四十人及封站，拒絕記者及醫護人員進入，其後太子站關閉多天。地鐵至今仍拒絕交出當晚的閉路電視。

八月一日(星期四)

在生命的低谷裡,我開始了禪坐。最初,是為了平息腦袋內無法止住的聲音和思緒,後來,我每天早上都會練習,因為藉著那一段閉上眼睛專注呼吸時間,我發現了在丹田的中央一片寂靜的森林。

來自尼泊爾的禪師詠給.明就仁波切說過,禪坐是為了改變長久以來的思維的迴路,讓那些傾側的習性回復平衡。每一次低谷的經驗都讓我知道,世上形形色色的痛苦,只要撒在合適的土壤之上,也可以成為生活的養份。對我來說,靜坐是暫時的休止,也是栽種。

那一片安靜的森林,有著必要的令人愉悅的孤獨,也藏著所有問題的答案,只要我可以達到某個層次的放鬆,進入森林的深處,就可以找到那些埋在洞穴裡的答案。森林會知道,來到面前的人是否可以信任、某個工作是否適合,甚至,某所從未踏足的餐廳是不是一個友善的場所。如果我願意,也可以藉著森林洞悉藏在許多表象下的真相，關鍵是，我有沒有張開心眼接收這些訊息。畢竟，森林釋出的訊息，往往是表意識所抗拒的，人們一般不喜歡和自我搏鬥，除非他具有探尋自我的勇氣。

如果，有一個人來到我的面前，內在的森林會讓我知道，他是否適合進入我的範圍，如果他可以留下來，我森林內的樹就會慢慢地延伸到他的肚腹的位置，而他的丹田也會長出一個茂盛而寧謐的森林。人和人之間如此組成連繫。

八月五日（星期一）

「暴力」這個字詞是在什麼時候失去了原來的意義？究竟是在它成為了譴責對立者的武器，阻止對方的行動進一步升級的時候？還是，當這裡被一種巨大的痛苦籠罩，人們既看不到出路和希望，只能把加害者的形象投射到對立者之上，以為他們就是令自己痛苦的源頭？也有可能，是在人們心裡的恐懼、不安感和不信任感愈來愈多，再也沒有足夠的空間儲存善意和慈悲的時候，從扭曲的心眼看出去，陌生的他者就像蟑螂，必須懲罰他或消滅他，以重新建立自我保護的秩序。

涇渭分明的立場，決定了一個人看到什麼，或對什麼視而不見。人性之中，其中一種怠惰，就是寧願留在一種熟悉的現實，也不願面對眼前變化迅速的真貌。有時候，人們並非因應眼前所發生的事而作出判斷，而是，在一切發生之前，判斷已形成。溝通是可能的嗎？這兩個月，我常常問自己。然而，寫作的人的工作一直都是，在徒勞無功或缺乏回應的情況下，仍然寫下去。

我看見女示威者被全副武裝的執法者抬走時強行扯脫褲子，露出無辜而無助的腿；一雙父子散步後回家途中被警棍擊打後血流披臉的受傷神情，那勾起了我潛藏多時的關於暴烈和羞恥的記憶，而且前所未有地感到，每個陌生者的身體原來有著看不見的連結。我看見城市顯露出類近監獄的面向。原來，當暴力這個字詞愈發蒼白，意味著這裡的人已被暴力漸漸改變。

八月六日（星期二）

昨天，從吉隆坡乘搭飛機回港，航班延誤了二十分鐘。送我到機場的朋友語帶擔憂地說：「不知道會否戒嚴。」另一位朋友說：「不知回港後有沒有車子回家。」我說，要是如此，就可以清楚地正視混亂中的風景。

從香港機場出來，走上了一輛巴士。巴士駛進公路後，寸步難移，車子上的人睡了很久後醒來，看到巴士仍在公路上，塞在許多車子之間，有人打電話給另一個人，生氣地訴說她已花了三小時在車上，小孩子在車上玩著一個人的遊戲，有人問電話另一端的人：「我該在公路轉車站下車，走路回家嗎？」我看著窗外，大部份巴士都亮出暫停載客的標示，車廂裡空蕩蕩的。那再不是日常的面貌，當傾斜而變壞了的日常像快速行駛中的列車，即將衝往懸崖，便必須停止，更正路線，而不知就裡的乘客會抱怨，這讓他無法準時回家晚飯。

一個中年婦女用普通話問我：「我要搭車回深圳，該在哪裡下車？」她帶著兩個孩子，今早到這城市遊玩，打算入夜前回家。我告訴她，今天全城罷工，大部份的車子都暫停服務了。「罷工？」她茫然地說：「今天是周一，怎麼會罷工？」我看著她，突然想到，她沒法接收到外面的消息，或許甚至不知道罷工的意思。那一刻，我再次感到，城市的一切必須暫停，其實是為了保持接收資訊和思考的自由。認真地活著，必得花費許多力氣，像攀爬一面陡峭的山坡。

八月七日（星期三）

跟初次認識的人一起進膳，我總是坐立不安。聚餐是一件非常親密的事，飯桌會把人們的距離拉近，近得只差一步便進入了個人範圍。一邊把碟子上的食物放進嘴巴，一邊吐出說話，雙方彷彿抵達了彼此的防線，接下來，不是後退，就是丟出武器作出驅趕。

開始茹素之後，我知道必須直面人際關係裡脆弱的部份。我問自己，有勇氣在和不同的人一起吃飯時，和盤托出自己和別人的差異，並坦然接納別人的反應嗎？他們或許會流露對素食者的厭惡、不知如何遷就彼此口味的失措，或直接要求我吃鍋邊素。我也要提防自己，很可能會為了迴避衝突而隱瞞自己的需要，直至在暗中對自己生氣。在照顧別人和照顧自己之間，成年人，尤其是女性，常常不自覺地失去平衡。

要深入認識一個人，只需要跟他一起吃飯，看看他在價格和食慾之間如何取捨、觀察他嗜肉還是喜歡清淡的蔬食、細看他愛煎炸香辣還是滋陰清潤、注視他如何咀嚼食物，再聽他談談愛吃那一道菜的原因，那幾乎就是一個人的身心履歷表。

在吉隆坡，和一群初次認識的作家朋友共處了三天兩夜，幾乎每餐都一起吃飯。他們全是肉食者。最初，他們拘謹地不敢碰我的食物。後來，他們吃了素菜後紛紛說：「很好吃。」最後一餐，我把素食粉卷、春卷和芒果糯米飯全部攤分，他們說：「我下次也要吃素。」我沒有說出，別人的飯總是比較香。

八月八日（星期四）

這段日子，經常重讀納粹集中營倖存者普利摩·李維的著作。香港的現況，一再令我想起猶太人被種族清洗之前。猶太人沒有自己的土地，我們則沒有主權。從回歸前的「借來的土地」，過渡至寄居於一片無法自主的土地，五十年不變只是一個搖搖欲墜的承諾。

對我來說，反修例事件始於四月的末端，我在電話中告訴已移居外地的姐姐，關於遊行、無望的反抗、不能失去免於恐懼的創作自由等等。

她說抗爭是無用的，就像二戰時期的猶太人，而歷史往往不斷重複。

然而，始於無用的反抗，卻出現了如活水般的創意，打破了雨傘運動之後長久的無力感，網上琳瑯滿目的反修例聯署，每個人都以不同的身份，藉著聯署發出呼喊。中學舊生聯署、大學校友聯署、愛護動物人士聯署、藝文工作者聯署……其中最矚目的是「全港師奶」的聯署。人們感到眼前一亮，不僅因為聯署內容切中要害地直指修例之惡，也因為「師奶」如此參與抗爭的形式，近乎前所未有。反修例抗爭之前，人們常常戲言，要是某天師奶也上街，以她們的耐力和意志力必定所向披靡。過去許多年，「師奶」一詞一直帶著微微的貶意，指的是中年已婚婦人，目光短淺、愛看無線電視劇集、生活層面狹窄，然而，為了保護家人，往往不顧一切。「師奶」聯署以廣東話如此表述：「我們每天都盡力照顧家庭，但並不代表不關心社會。」聯署發起人黃彩鳳在成為全職家庭主婦之前，是社運者和兼職講師。聯署刷新了人們對於師奶的既定觀念，師奶同時也有著其他身份。師奶是為了更大的愛、更重要的他者、比自己更高的價值，而願意放下自我的人，因此，師奶其實不一定是母親，也不一定是女人，而更近於一種甘於臣服的陰性能量。因此，任何人其實也有著師奶的潛能。

萬物都是一體兩面，陰陽雙生，當社會像一棵缺乏營養的植物傾斜往一端，抗爭是為了暫停變壞了的秩序，重新得到平衡。這個城市一直奉行方便和效率為首要的價值，注重理性、邏輯和紀律，不看重過程只在乎成效和結果，被陽性的能量主導著。但，反修例的抗爭卻充滿了陰性的柔韌力量。師奶之後，又有「be water」的說法。上善若水，如水般流動。水是一個比喻，一種想像，每個香港人都可因應不同處境和需要作出不同的詮譯。有人說，那是不斷變形，本質卻始終如一的意思，有人說，這是你中有我，我中有你，不斷滲透，在無聲色無形之間形成變化。水會蒸發成雲，雲膨脹之後會下雨。雨聚合成河，海也可以翻起浪，浪的最強大能量是引起海嘯。反修例抗爭，從聯署至多次大型遊行，從遊行至和平集會，然後，被驅趕，被不合理地拘捕、衝擊合法會、在元朗西鐵站被白衣人無差別地群毆，以至，十八區遊行、機場集會、民間記者會、聲援因購買鐳射筆而被捕的學生會會長，在太空館外舉行的激光派對，時而平靜、時而憤怒、時而幽默、時而機智。面對著冷漠而不願聆聽和回應的政權，還可以做什麼？什麼都做，不帶期望地做該做的事。生命沒有要求任何人要成為更好的人，但面對著日漸崩壞的城市，我不止一次感到，除了變得更強大地活下去，別無他法。

溝通是可能的嗎？這個問題近來常常閃進腦袋，我知道，越過某一道防線，進入了一種非日常的例外處境，即使說著相同的語言，溝通還是會滑入失效之中。

例如，面對著無差別襲擊市民的肢體暴力、黑幫拿著鐵通和刀子把路人的身體當作樹木那樣砍伐的具體暴力，執法者面對市民被襲擊不願執法的暴力，特首林鄭月娥卻在記者會上譴責示威者暴力地表達意見和聲音。於是，「暴力」一詞令人費解，字義被一再掏空。如果，至少四名執法者驅趕一名手無寸鐵的示威少女時，把她的裙子扒下來，分開她的雙腿，讓她連內褲也鬆脫卻沒有讓她先整理衣服，並不是一種暴力，或，沒有任何衝擊行為的示威者被執法者用橡膠子彈射到眼睛引致失明也是合法而必要的武力。那麼，「暴力」這個字詞已失去了描述狀況的客觀和純粹，而成為了一種用作懲罰和表示敵意的武器。每個人心裡都藏著暴力的因子，而在文明的社會裡，法律和規則的訂立則是在幫助每個人讓暴力因子沉睡，或把暴力引導成正面的能量而不是用作互相欺凌。這個城市的文明漸漸在褪落，可見於這兩個月以來，「暴力」成為了當權者和支持政府者的特權，他們任意使用暴力卻不得到任何後果，而抗爭者的自衛和反抗，全被指責為暴力。

特首林鄭在記者會上宣佈暫緩條例修訂之後，姐姐致電對我說：「恭喜你們，抗爭成功了。」我連忙對她解釋，「暫緩」和「撤回」在法律上的不同，前者表示可以隨時恢復立法會二讀，後者則要重新諮詢和草案，才能進入立法會。

魔鬼和天使，都在細節裡。當權者卻說，抗爭者因為執著字眼而不願罷休，而我們其實都知道，真正鋒利的武器，就藏在每一個說話和行動的幽微複雜難以言說複述之處。

幾天前，在吉隆坡的一個題為「記憶與書寫」的座談之後，一位來自大陸的少女對我表示她很關心反修例抗爭，她問我：「特首已停止了修例工作，你們到底還想要什麼？」

我無法對她說，我們和中國其他地方的人的分別，也許在於，香港是唯

——一個仍然保留著記憶的權利的城市。也許因此，我們比較自由，也比較沉重而痛苦。記憶讓我們保持覺察，也影響著我們的判斷和行動。

我想起馬奎斯的《百年孤寂》裡，馬康多鎮的失憶症的起因——一名由印第安人送來的小女孩利貝卡，有著吃泥的習慣，而且不說他們的語言。土地和記憶連結。易家蘭家族裡的人，為了把小利貝卡「導向正途」，強迫她戒掉吃泥，轉而吃正餐。未幾，她順利融入了新的家庭，卻開始了失眠。她不再吃泥土，卻失去了自己的根源和記憶。這樣的失眠具有廣泛傳染性，終於，整個鎮的人紛紛失眠，最後失去了所有記憶。

香港每年都有六四集會，因為堅持記得。利益和大勢有時也會鼓勵人們忘記，但我們仍然記得。文明和墜落的界線，以記憶作為分界。

在《滅頂與生還》裡，普利摩．李維引述在納粹集中營期間，一位德國軍官恫嚇俘虜說，你們在這裡經歷的苦難，將不會有任何外面的人知道，不管是現在還是未來，因為這裡的一切將被消毀。於是，集中營解放後，普利摩．李維一直在書寫、出版回憶錄，在各地做關於集中營的講座、和不同的人通信和交流，以倖存者的角度回憶和反省種族清洗的歷史。他堅持記得。

抗爭和書寫一樣，都是一種創造。創造，近乎佛家所談的「空性」。空並非什麼都沒有，而是，什麼都可能發生，視乎創造的人心裡有著什麼。如果歷史是海，人不過是其中的一點水。在巨大的權力之前，有時不免感覺徒勞。但寫作並非因為有用而寫，寫作就是寫作的目的本身。面對著彷彿無止盡的黑暗，反抗可能就是反抗的目的本身。

八月九日（星期五）

那天，我揹著自己的城市，到吉隆坡參與花蹤文學獎評審，以及「記憶與書寫」座談。「飛機在八號颱風掠過這裡的次天起飛，從風雨中航向另一座炎熱而晴朗的島。我以為到達異地後身軀會一如以往進入離家的緊繃狀態，卻意外地感到鬆弛。只有在一個陌生的地方，我才可以把附在背上已有兩個多月的城市暫時放在旅館房間的沙發上，然後和其他作家出去聚餐。

桌上放滿精緻美味的娘惹菜。他們在荳蔻茶和烤魚之間，談到反修例的抗爭。台灣作家說，為了察看抗爭的情況，她從台北跑到上環和元朗，午夜時分，街上的一個陌生男人臉帶怒意朝她吐口水。馬來西亞的記者說，他們因為反修例事件在報章做了一個關於在抗爭中突破防線的專題，探討何謂暴力，何謂積極爭取和發聲等，種種抗爭的可能性，卻收到許多讀者的怒罵，威脅要報館辭退記者。另一位台灣作家說，看見反修例的抗爭，覺得二十一世紀才真正開始。我問為什麼。她說，以往的許多年，那些壓抑的聲音彷彿被收在一個玻璃瓶裡埋在泥土之下，一直生長，某天，再被巨浪沖出來，瓶子爆破，所有矛盾曝露在陽光下。我問馬來西亞作家，為何他們如此關注香港的事。她想了一下說，馬來西亞的華人也是離散的一代，她因而能明白作為少數和弱勢，被強權擠壓的處境。在言語和笑聲之間，我彷彿成了一個局外人，看著他們談論已被我暫時寄存在旅館的城市。由此，我突然看到，他們每個人的背上都有一個國家，充滿斑駁的疤痕和疼痛的凹陷。每個人都被自己的根連繫著的地方牽扯著，進入過那條暗黑的隧道，在那裡，或許，吃過催淚彈、面對過瀕臨崩潰的執法者、聽過執政者的謊言，也知道立場相同的示威者也會互相指責、埋怨和背叛，這全都是深藏在人類的習性裡仍未療癒的因子。那些被國家和城市壓在背上的印痕，成了我們之間共通的語言。

回到旅館房間之後，我在構思一篇講稿。那篇講稿，在飛機起飛前，我已擬了腹稿，但那像一件永遠無法完成的毛衣。在接下來緊湊的行程中，我都在編織那講稿，關於記憶的權利，抗爭與文學。直至座談已結束了，講稿仍未完結，仍然留在我的肚腹之中繼續生長。

寫作一直帶著我走進不一定安全的生活之中。文學讓人在尖銳的經驗裡找到安身之所。我一直對自己說，寫作的人只是一根管道，只要把自己帶到不同的未知的狀況，讓人和事情穿過自己，只要明白生命和自我，都如現實一般都是幻相，身體裡的敘事者就可以發出誠實的聲音。這兩個月以來，有時我確實感到恐懼因誠實而來，卻也因為生出了恐懼，又穿越了恐懼，我感到一種新的自由。即使恐懼，而仍然寫作、發聲、上街或如常生活，那是自己栽種而交在自己手裡的新的自由。

座談結束後，一位中年聽眾帶著憤懣地問我，如何看回歸前港英政府統治下的香港，另一位從大陸來的學生無法藏住鋒利地問我，為何可以把逃犯移交到英美等國，卻要反對送到中國？「說到底，那只是逃犯而已。」她說。

寫作看來像是主動發出聲音，但如果要寫出真誠的作品，必須先要無條件和不帶立場地聆聽。如果面前是一個小說，所有人物都必得站在彼此的對立面，不是為了完成仇恨，而是使世界達到平衡。於是，他們也是組成我的城市的一部份，而且無法切割。

我帶著許多抽象的禮物，坐上了回港的飛機，重新揹起熟悉的城市。走出機場，迎面而來是大罷工的例外狀況，那一刻我感到，背上的城市，有一種令人無法放下的重量。

八月十日（星期六）

從馬來西亞回來後，就沒有停下來過。更正確地說，是六月以來，就沒有停下來過。昨天，寫了兩篇稿子。完成時已是凌晨一時。其實還欠一篇，但為了保命，必須上床。

睡眠並不順利。從清醒至夢境，經過一段顛簸的路。夢中，坐在我對面的是，一個人，或，長得像人的貓，一張長桌把我們分隔，我試圖把一個像巨大玻璃碗那樣的東西捧在懷裡，可是有一股無形的像衝擊般的力量推向我兩邊的肩頭，最初我容忍它們推撞我，只是勉強保持平衡，漸漸地，我忍不住低吼，終於，那變成了一場爭鬥，我用盡了全身力量大喊：「俾我瞓覺呀。」聲音中的憤怒使我驚訝。

我被自己叫醒，推我的惡的力量消失了。如果一個人能在夢中叫出來，那聲音就會成為一條新路，把人從那個世界帶回這個世界。四周當然沒有任何人，只有白果貓在身旁睡得非常沉穩。為什麼他沒有給我吵醒呢，我一直不明白。

我知道那使盡力氣的呼喊使我佔了上風，但我仍很害怕，反複背誦主禱文，才能再睡去。

家裡沒有他者。只是，一個人太疲累時，很容易會碰上墜落到幽暗深處的自己，而且不一定能辨認，那原來是自己。

八月十一日（星期日）夜

執法者在地鐵站內施放催淚彈。執法者在地鐵站的扶手電梯內推撞人群。執法者朝示威者的頭部開槍，女生的眼球被射爆了，彈頭還卡在她的眼罩上。

K經歷過文革，而文革已離她很遠，不過，文革仍然時常在她身邊，即使她並不察覺。她其中一名好友，身形高䠷，面目娟秀，眼睛圓大明亮，但，這位友人只有一隻眼睛。「她的另一隻眼，失去了眼球，整個眼睛凹了下去。」K說，好友被批鬥時，被倒吊在一棵樹上，吊了很久，人們把她放下來時，沒顧慮到，那裡放著一張倒過來的椅子。無差別的惡意。那些，把她吊上去的人，放她下來的人，和那張四腳朝天的椅子，必定跟她不存個人仇恨，卻匯合成了很深的惡意。我沒見過K的好友，卻忘不了她。

多年之後，如果我仍活在這世上，反修例抗爭的殘忍的許多天，必定已離我很遠，卻也仍然常在我身邊，即使在我不察覺的時候。起碼有兩個，失去了右眼的人，藏在我意識的深處。我只希望自己心裡有足夠的善意和寬恕的能力，可以迴向他們，讓他們的眼睛得到奇蹟的康復，也讓其他受傷的人可以痊癒。

那些稱我們為蟑螂的人讓我知道，永遠不要讓自己充滿仇恨。因為充滿恨意的人，會在施放催淚彈時，沒有想到要為自己的工作夥伴——那頭跟他們出生入死的警犬——佩戴防毒面罩。

八月十二日（星期一）　凌晨

執法者在地鐵站內放催淚彈。那很可能是，過期的催淚彈，毒性更強。

在密閉的空間內施放毒氣，其實是一種懲戒。

不久前，他們在民居附近放催淚彈、在沒有示威者時放催淚彈、在老人院外放催淚彈。流浪貓狗被灼傷了眼和鼻，牠們不知就裡，沒有保護裝備，只是覺得活著有時實在太難受。

善和惡的分水嶺就是，他們指我們是蟑螂嗎？我說「我們」並不是指示威者，而是，非執法者的人。因為惡一旦在人心裡滋長，看到的全是蟑螂，也就沒有示威者或非示威者的區別。

心裡有一個悲哀的景像：某天，執法者把所有人都關在密封的空間裡，商場、辦公室大廈、倉庫和地下室，然後施放過期催淚彈，待所有人都奄奄一息後，官員和執法者也被邀請到一個沒有窗的密室內，那裡有為他們準備的最後的毒氣。城市裡所有人都失去氣息後，從北方來的車子驅進了城內，不用過關，他們在沒有活人的島上建立新的香港。這大概是一個充滿恐懼的小說。我不會寫出這樣的小說，因為小說有時會成為預言。這些念頭只是為了提示我，真正帶毒的並非催淚的煙霧，而是從地底深處，冒進人心裡的仇恨和惡意。

面對龐大的惡意，除了避免被惡意同化，我只感到深沉的茫然。如果荒謬的現況令人無法以小說作為回應，並不是因為那荒謬超出了人類的想像力，而是，失去安全感、愛和善意作為根基，人會慢慢地失去創造的動力。

八月十二日（星期一）　中午

中立

往機場的巴士。

人太多，必須到市中心的總站才能上車。

車子駛到青馬廣場收費站前，已有幾輛警車，和便衣的私家車（估計），私家車夾在兩輛警車之間。巴士到達車站時，有一位掛著證件的人在觀察巴士內的人數。他身後是一幅廣告玻璃幕牆，上面寫著「香港　亞洲國際都會」帶著一根鮮豔的飄揚中的彩虹。在血腥和恐慌蔓延的時候，廣告屏幕仍然中立地俯視眾生。

八月十二日（星期一）夜

進入了機場範圍後，手機就失去了網絡。那麼就可以專注觀察，那裡有一團悲傷後的熱情之火。差不多每個沿路舉起單張的人，都在努力向每個路人傳達，這城市正在承受的不公義、分裂和痛苦。但我發現自己並沒有相信在場的每一個人。我在留意哪個是喬裝成接機大員一分子的執法者。酒樓關了門，星巴克關了門。但黃色的大M字仍然亮著。有人在吶喊，有人讓紙張說話，有人靜默，有人在彈結他和唱聖詩，然後高聲祈禱，有人放了一堆便條紙，讓受了傷的心說話，他們會聆聽。

不知逗留了多久，有人舉著紙牌：「機場六時清場，但唔好驚，人愈多愈安全。」也有人舉著紙牌：「機場六時清場，Be Water。」然後，機場廣播呼籲機場內的人盡快離去。

蹓躂到機場顯示屏前，發現許多航班取消了。心裡感到，多留一會要離開。

但不必急，慢慢走。人很擠，但非常有秩序。離去時，要搭巴士，有人拿著紙牌站在一旁：「無機鐵。」身旁的人問他們：「已沒有機鐵了嗎？」他們說：「是的，已停了。」

巴士站前是蛇餅蛇餅和蛇餅，但人們都在盡力發揮互助精神，舉起紙牌或電話寫上自己在排的巴士路線。第一個感到恐懼的時刻，是排隊時，站在路旁石壆上的一堆同行者高叫等巴士的人到那邊，又不斷幫忙人們爬上去，那畫面很像逃亡。身旁的人都不知道發生什麼事，紛紛說：「有狗*？已包圍我們？」走近後才發現，那裡只是組團步行去東涌。

我決定走路。從沒有走路出機場，原來日落時份，山的輪廓非常清晰，雲聚攏成了山的帽子。身旁的陌生女孩說：「月亮也出來了。」我們一起走，走在車路上，身旁不斷有車子響號表示支持。有推著沉重行李的旅客，沒有發出怨言。有車子內的司機對我們叫「加油！」同行的人互相幫助爬過太高的石壆，提示身後有車，或要讓出一條行車線給車輛。

本來以為會一直走到東涌，但走到一半，路上有一輛巴士，還有空間，同行者走上前問司機可以載我們嗎？不一會，司機開了門，歡呼著上車，一起說：「多謝司機。」

另一個感到恐懼的時刻是，車子駛了兩個站，司機座位的方向傳來一句怒罵：「X你班甲由！」車廂非常靜默。

即使身在現場，也不是每一件事都可知道是否真實，因為人的視線和認知範圍是有限的。有人勸人離開，有人說應該要留下，才是個比較接近真實的世界。畢竟，人活在世上，就是在眾多雜音中，慢慢理清心裡的聲音是什麼，然後跟著那聲音一直走，為自己的行動負責。

這段日子以來，大家都受了很深的傷，反省是必須的，但只有尊重自己和別人的真實感覺和局限，才可以盡情地創造一個比較理想的，愛大於仇恨的世界。

---

* 按：人們稱執法者作「狗」。

八月十三日（星期二）

或許，機場就像是城市的皮膚，那是，外在和內在世界的一道邊界，停機坪就像毛孔，飛機負責散發和吸收，以保持新陳代謝的正常運作。

董啟章在一九九七年出版的《地圖集》，收錄了一篇〈赤鱲角空港〉。敘事者以學術研究或歷史學者的嚴肅語氣指出，香港國際機場的建築計劃，本來另有秘密圖謀，不是為了建起一般的機場，而是一個在發生緊急事故，諸如地震、疫病或外星人侵襲時，可以脫離香港島的表面塊層，裝上巨型推進器的能動的空港。所謂空港，就是和大陸分離，漂流在空中的暫居地。據說，當年《地圖集》出版後，有人以為那是一本掌故和街道史而買下，讀後才驚覺這原來是小說。我和寫作班的同學一起研讀作品時，有超過一半同學讀完後仍不虞有詐。小說裡模仿權威的聲音，令人一時難分真假，從而反思在現實裡，掌握權力的人早已習得純熟的撒謊技倆，既然生活忙碌得令人沒法思考，甘心被騙是最容易的存活方式。

赤鱲角機場當然無法獨立在空中，可是，當城市裡有許多人身心受創，而聲嘶力竭的呼喊在兩個多月以來仍得不到任何回應，只有機場，這層城市的皮膚，才能提供庇護所的功能。那天，許多人湧到機場，不是為了離家出走，而是因為他們不願離開這個城市。只有在機場，他們才可以安全地對外來者訴說一個關於這城市的，家不成家，同時走投無路的故事。

八月十四日（星期三）

他們說，穿黑衣的人是蟑螂。

我想起卡夫卡的小說《變形記》裡，那個平凡的年輕白領男子，某天從睡夢裡醒來，發現自己無法如常起床，甚至連轉身也有困難。不久，他驚訝地確定，自己已原因不明地成了一隻巨大的蟑螂。作為一名忠誠的員工，他最關心的並非自己身體狀況，而是，如何能準時出門上班，繼續如常工作，賺取薪金養活家人。當然，無論他如何盡責，這個社會也無法容得下一隻蟑螂乘巴士到辦公室，和同事開會，跟進客戶的訂單。他的父母最初感到非常悲傷，妹妹則盡其所能照顧哥哥，並承繼了供養家人的義務。日子久了，他們卻再也無法想起，這蟑螂曾經是自己的家人。最後，妹妹把哥哥擊殺。

我曾經以為，《變形記》成為經典的原因，是洞悉了資本主義如何把人去人性化，以致成了一部具備各種功能的工作機械。然而這個夏天所發生的事，使我對《變形記》產生了新的解讀。真正變形的，其實並非主角的身體，而是人心。究竟是一個怎樣的體制，才會把一個社會裡的人規訓成把同類看作是蟑螂，只要穿著黑衣，即使被毆打和凌辱也是咎由自取？當人們把別人看成蟑螂，並不是客觀地指出那人已成為蟑螂，而是說出自己的心裡有蟑螂。就像附魔的人，眼中所見全是自己的心魔。這兩個月以來，很多人都在問：「一切何時才會恢復正常？」或許，就在這裡的人不會再把他人稱作是蟑螂的時候。

八月十九日（星期一）

中午出門前，在家裡磨磨蹭蹭，走來走去收拾東西，白果反常地一直黏著我，號叫、用兩隻前腳抱著我的腿阻止我前進，又用後腿撐起全身直立向我高舉兩隻前腳。我問他：「有什麼訴求？」他表示：「不要出去。」我說我要出去啊，請他幫我看家。他用身體佔領我放在門前的鞋子。

在巴士上，我有點擔心不夠保護裝備，看到水炮車已出動的消息，然後又想，白果是因為預視到危險所以叫我不要出去嗎，但友人說，不要緊。在炮台山站，隨著人群走出地面，作為一名頻繁迷路者，其實根本不知道如何走到維園，但，只要跟著前面的人就可以了，一邊走一邊看著陌生街道和店子，店內有許多美味的食物，要不是為了流水式集會，可能我並沒有機會到這些地方，於是覺得，兩個月以來所走的路，也是另闢蹊徑重新認識自己的城市。

走到維園外，暴雨忽至，差點來不及撐起傘子。傘子和傘子重疊，雨水從別人的傘沿流到我的身上，雨水也從我的傘沿流到別人身上，無法躲避雨水，對別人抱歉但也愛莫能助。鞋子和褲腳也濕透，但雨有一種動聽的節奏，既然不能動，就閉上眼睛聽雨。在那裡留了半小時，雨沒有停竭的跡像，我跟著別人走出那裡，從另一個入口再等待進入維園。於是，在維園的極緩慢流水之中，一直流了三小時。走出維園，用了約一個小時（我是第二批從維園離開的人），走到高士威道的天橋上，往下看，看到密密麻麻色彩各異的雨傘，緩緩地蠕動，令我驚訝的，並不是洶湧的人潮，而是在暴雨中，帶著濕透的身子，極慢的速度進入和離開維園，我和身旁的眾人，一直平靜、安然和耐心。完全離開人群，到達商場時，看看手錶已六時半。

走了許多路。城市在例外狀況時，巴士停駛、地鐵封站、電車當然也無法運作，人們只能使用自己的雙腿。到了最後，可以仰賴的就只有自己的身軀而已。

好像只有在人群中極緩慢地前行時，才能放鬆下來，再也不用在家裡擔憂現場，反正已身在現場，腦袋就可以漫無目的地去想許多事，例如編織一個小說，例如想到，或許白果要表達的其實不是「不要出去」而是「快要下大雨，帶雨衣啊」。

原來我真正需要的裝備是，一件雨衣。

八月二十日（星期二）

決定要看長達八小時的劇場《如夢之夢》是五月的事。炎熱八月，城市的空氣中已飄滿了催淚彈留下的粒子，抑鬱的氣氛像永不過去的低壓槽，我坐在劇場的中央，看著包圍著觀眾席的四邊形舞台，眾演員在上面不斷繞圈子，眼睛注視著不明的前方，臉上有一種因為忙碌和怠倦而生出的不耐煩，我忽然感到心裡深處湧出的悲哀。不久之前，城市裡的人也是如此，為了生活的瑣事而不斷在追趕著什麼，那時我並不知道，這原來是一種日常的幸福。

劇中的亨利，寫了一個關於秦朝書生莊如夢的小說。在秦始皇進行思想控制，大量逮捕讀書人，焚書坑儒的時期，莊如夢在亂世中自處的方法，就是專心致志地做夢。他被抓捕後，困在牢房裡，等待行刑之時，比平常更努力地睡覺，在夢境中創造屬於自己的新世界，藉著夢潛逃到另一個地方。行刑之前，他已把夢築造完成，揚棄自己的肉身，逃遁到夢中的新天地裡去。

在一個惡夢中醒來，要倚靠潛意識對自己的慈悲，而要在一個令人恐懼的現實裡醒來，則要放下對貪嗔癡的執念。或許已有不少人知道，眼前的現實，並非唯一的現實，境隨心轉，可是，真正難以扭轉的，其實不是現實，而是被習性和執著蒙昧的內心。一個人到底要如何從眼前過於逼真的荒誕中保持清醒，重新運用和相信自己有創造生活和實相的能力？離開了劇院之後，我一直在想這個問題。

《如夢之夢》是一個關於靈魂經過不同的肉身，生生世世，流離與輪迴，在愛和恨之後經歷蛻變，渴望解脫的故事。夢境即人生，但只有為數很少的人可以洞穿，令人頭破血流的現實，其實虛幻如夢。有時候，現實只是執念和無明所創造的幻像。

劇中的病人五號，或許曾在某一生是法國伯爵亨利，厭倦了婚姻的夢後就拋棄了髮妻，和名妓新歡展開了新的人生，許多年後，這段關係又成了另一個使他窒息的夢魘，於是，他又從這個夢，逃到另一個他所創造的夢中。他傷害了一個女人，然後再深深地傷害另一個女人。病人五號的妻子某天一聲不響地失了蹤，從此音訊全無，在他心裡留下了一個深不見底的被離棄的傷口。痛苦使他不斷詰問：為什麼？在劇中，五號為這個問題，找到一個答案，就是前生累積的業力，使他必須承受曾被他傷害過的女人的痛苦。

在真實的人生裡，大部份的問題，都沒有清晰可見的答案。承擔自己的命運，就是接受許多沒有原因，也並非由自己直接造成的惡果。但，如果此刻並非無窮無盡的時間河流裡唯一的點，如果人和人之間彼此是相連的，當厄運來襲，不必問為何自己是承受痛苦的那個，只是需要一步一步往前走下去。人常常陷於矛盾，一邊想要離苦得樂，一邊又無意識地享受痛苦。或許，所謂的解脫只是避開自我創造的礁石，臣服於生命之流，飄流到最遠的地方。

八月二十一日（星期三）

城市裡的情緒翻湧像海嘯，卻欠缺出口時，牆壁成了暫時的岸。牆壁中立得近乎透明，沒有立場，不會回話，默默地承受人們對它所做的任何事。人們在牆壁貼上寫滿字句的便利貼（其中有許多都寫著「加油」）、噴上塗漆、黏上膠紙、張貼印滿各種消息的單張，另一天，有另一批人來撕去紙張，清除噴塗。人們會再來，再貼上新的寫滿字句的紙張。如果紙上出現了錯字，另一人會圈出錯字並寫上正確的字，附上「最緊要正字，錯字也不割蓆」的註腳。

直至某天，牆壁只剩下零落的紙痕。

牆壁目睹過太多事情，例如人們為了牆上的紙張，口角、威嚇、毆打，甚至亮出刀子。即使在人們捱打而不還手的時候，或少女被中年男人用刀砍傷，前去救援的人也捱了刀之後，牆壁仍然無法有任何行動。

然而牆壁畢竟比鏡子能反映更多，因為牆壁並非向內的，它有區隔、保護和記錄的特質，對於壁畫或塗鴉都一視同仁。當一個社會無法容忍一堵吐出了太多誠實的話的牆壁，當執行任務的人抹去了牆上的字，打壓往牆上寫字的人，發聲的慾望，就會全面被激發，由一個人感染到更多人，由一堵牆壁傳染到無數牆壁。

許多年後，當人們站在空無一物，也沒有任何疤痕的牆壁前，便會想起所有在牆上或牆壁之旁發生過的血淋淋事。一個時代的痛楚記憶，凝結在牆壁的鋼筋和水泥之間，即使用刀子和血也無法完全抹去。

八月二十二日(星期四)

多年之後，我仍然記得她的工作室裡散發著古老木頭的氣味，室內的佈置都是她設計的首飾和工藝品，那裡有一種令人剛好不會流汗的乾爽溫度。

她在我面前打開了一個巨大的木製首飾箱，內裡躺滿了她設計和手製的耳環，那時候我沒有來由地感到，盒子是她的肚腹，而耳環則是用心的碎片製作而成的飾物，掛在耳垂，它們會對耳朵悄悄地說許多話。

「耳環不一定要成雙成對。」她說，人們常常會丟失一雙耳環的其中一隻，落單的另一隻往往因而作廢，而這其實只是基於人們認為，耳環必須一對才是完整的觀念。「我們可以只戴一隻耳環，或，兩隻耳朵都戴上不同的耳環。」她向我展示，盒子裡那些閃閃發亮的耳環，全都是獨一無二的，精緻的孤獨。我盯著盒子的內容良久，無法分辨那是月圓般的自足，還是月缺般的失落。

回到家裡，我把不同的耳環同時掛在左和右的耳垂，或，把一雙耳環分開，只掛一隻在耳珠，卻感到一種莫以名狀的不安。或許，人們因為左和右的臉面並不完全對稱，才必需倚仗外在的東西以達到平衡，例如，一副眼鏡、兩道經過修飾的眉毛、修剪整齊的頭髮，或兩隻恍如雙生的耳環，甚至，跟自己截然不同卻可以互補不足的另一個人。

N不但會送我耳環，為我手造耳環，還替我尋回不知何時丟失在路上的耳環。他送我的耳環，碎石、鏤花、古董銅色的，往往令我感到驚訝，他竟然知道我的心意，而我一直以為，當我站在他面前，他是看不到我的，因為親密會令距離消失，而距離是可以細察對方的關鍵條件。我曾經訕笑他造給我的耳環，只是在深水埗的批發店子買來現成的大量生產的吊飾製成。當時我無法看到，那些耳環全是古董銅色的，跟我常常戴著的那一雙非常相似。那雙我常常戴著的圓形大耳環，由兩個圓形組成，一個大圓包著一個小圓，每個見過那雙耳環的人都說非常好看，而我只是沒所謂地戴著。我不止一次弄丟那雙耳環的其中一隻。某次，在異地旅行，從咖啡館走出來，我摸摸耳垂就發現少了一隻耳環，心中一涼，對N說：「又不見了。」他立刻像貓那樣緊盯地面，逐吋地面搜索，我勸說：「由它去吧。」但他沒有放棄，不一會，便在跟耳環的顏色異常接近的地面撿起一隻熟悉的耳環交給我：「丟失的東面，一定遺落在你曾去過的地方，用心找一定會找到。」我只是感到匪夷所思，久久無法言語。

所以，當我真的遺失了圓形大耳環，找遍家裡每一個角落也無所獲時，我就知道，那是失去N的徵兆。現在，當我試圖找出剩下的另一隻大圓耳環時也再找不到，或許，為了忘記丟失的痛苦，我把那僅餘的耳環也丟掉了，或許，它仍躺在某個已被我遺忘的地方。但，也有可能，我從來沒有失去過什麼，如果失去也只是擁有的其中一個階段，就無所謂失去、復得或不復得。如果人是由本體和影子所組成，那麼對一個人的完整記憶，就是經歷那個人的臨在和細嘗他的不在。就像月亮的周期，從圓滿至每天逐漸增加的缺失，那缺失也是圓滿的一部份。

後來，我再次丟失耳環時，再也沒有告訴任何人，只是會想起N教我的找耳環的方法——以一種不由分說的信心，相信它在，一定在。每次，我依循這方法，總會找到丟落在地面的一隻孤獨的耳環。每次，當我從地面撿到那隻久別重逢的耳環時，總會覺得N留在我身上的痕跡又復活過來，對著耳環，我感到尋回失物的喜悅，同時又感到異常悲傷，大圓耳環是我唯一失去了再也沒有回來過的耳環，因此，它是註定和我錯過的。

八月二十四日（星期六）

需要許多不必歸根究柢的，或不明所以的信任，城市這巨大的機器才會每天如常運作，每個人才會無意識地成為齒輪和螺絲。體制的機件逐一脫軌，毫不遮蔽地迫使人們直視它的不可信任，人們才能逐一審視所有理所當然的方便和快速背後的根源。

地鐵在遊行路線停駛，為了打消人們上街的意慾，但兩個月以來，人們慢慢地從生活裡的一個方塊扣連至另一個方塊地記起，自己原來真的是個活生生的人，從靈魂的深處以至身軀，從心臟至腳趾頭，沒有公共交通工具代步，就發明自己的交通工具，像我這樣不會騎自行車的人，就使用自己的兩條腿。或許某天，這裡的人會發現，像地鐵這種沒有競爭者的機構，在日常生活裡並非必須的，停止對某項事物的依賴，也就停止了被威脅和勒索的機會，靠向自由多一點點。

幾年前，當K的身子仍然壯健時，她每周都會從藍田步行至觀塘逛街，再由觀塘走路到調景嶺。「為何不乘車子？」那時候我驚訝地問。

「走一下不是很好嗎？」她說：「沿路風光很美。」

她知道捷徑。常常走路的人，腦袋裡都會從經驗裡自動下載一個捷徑軟件，必要時拿出來使用。

「那要走多久？」我問。

「很快。」她說。

很快有多快呢，是半小時。從觀塘回到調景嶺。

上周和做書的團隊開會，會後閒談，談到這兩個月以來的生活，大家笑著說，忙著學習許多新知識：自衛術、法律知識、急救知識和公民權利，或許還有香港的街道路線、照顧身心健康知識、身體和土地的關係和自己身體的極限。

其中一個設計師說，那麼，以後我們將會成為更強壯的人了。

八月二十五日（星期日）

連續幾天晚上，都在家裡工作至深夜。晚上十時，窗外就會傳來環迴的呼喊，像鐘樓裡的布穀鳥出來報時那樣的準確，像遙遠的過去，人們以歌聲在不同山頭之間互通訊息。《無間道》裡有摩斯密碼，現實中的二〇一九有大廈傳音，只有在香港這麼密集的居住環境，窗口呼喊才能這麼有效地進行。

這些散落在不同大廈的鄰居，當第一個朝著窗子大喊「光復香港」，不久後，就會出現另一把聲音吶喊「時代革命」。然後，第三把聲音會加入「香港加油」。大概在幾個回合的叫喊之後，我就會跑到窗邊去。白果貓也會在這時候，從角落裡跑出來，以眼神問我：「發生什麼事？」他也注視著窗外。我會看見對面大廈的窗前，有一個人影，可是無法確定，人影在觀看，還是吶喊者。吶喊的對話，隨著當天的局勢，短促或漫長。例如昨夜，大廈之間的呼喊，持續了很久很久。

直至，我離開了窗前，去洗碗，白果仍然站在窗前，察看聲音的來源。白果如何理解這些聲音？我希望他一無所知，希望貓的世界，歲月靜好，沒有催淚彈，也沒有警察。

八月二十六日（星期一）

這幾天，我常想起妳們，而且被勾起了負面的情緒。被捕的女生在民間記者會上指出，在警局裡，被妳們迫令脫光衣服搜查。妳們，用筆打她的兩腿之間，以津津有味的目光打量她全身。可是，我對妳們的憤怒，很快就被好奇取代，如果褪去了執法者的制服和身份，妳們有著怎樣的成長經歷，以致，在成年之後，在工作的場所，會以恍如青春期少女欺凌同學的手法對待她？

我想起Eckhart Tolle在《當下的力量》的其中一章，談及痛苦之身。所謂的痛苦之身，就是人經歷過的每一種痛苦情緒，因為一直沒法徹底地痊癒而殘留在無意識之中。人們的痛苦之身多半處於休眠的狀態，可是某些狀況或處境，卻會喚醒痛苦之身。那些被自己的痛苦之身所掌控的人，對於痛苦甘之如飴，也像一頭飢餓的獸，急欲把痛苦加諸於別人，甚至自己之上，很容易就會成為加害者，或受害者。

在妳們剝奪被捕者的權利和尊嚴的同時，妳們也在殘害著自己內在陰性的部份，那個在成長過程中，沒有得到足夠的關注和愛護的女性的能量。或許，在陽剛的紀律部隊之中，在講求理性、控制和以暴易暴的文化之中，妳們只能屈從，像身邊的男性夥伴那樣，侮辱、欺壓和強暴妳們身體之內那個始終無法順利地長大的女性部份。每一個加害者，同時也是受害者。我並不同情妳們，但在女性的集體痛苦之身，我隱約看到妳們的臉容。

Eckhart Tolle在《當下的力量》一書中提及的女性痛苦之身，分為個人的和集體的。前者是個人遭遇的尚未療癒的創傷，後者則是千百年以來，各種疾病、凌虐、戰爭、謀殺、殘忍和瘋狂積聚而成的一堵集體痛苦意識之牆。一旦來到了世上，得到一個女身，就承擔著這累積了生生世世的業力。

那些在警局裡被精神和肉體暴虐的女性，令不在場的我和他人感到深藏在意識底層的舊創傷又被翻開。身為執法者的妳們，羞辱一個跟妳們同是女生的人時在想什麼？妳們一定知道令女生留下長久傷痕，不必毆打，而是強迫她裸露，妳們的目光比刀和槍更具殺傷力。

在執法者的體制裡，一層又一層的欺壓，強迫的服從，就是基本的組成結構和手段。有著女身的妳們，根本無法帶著女性的同情理解包容和溫柔在工作中存活下去。妳們也是被欺壓者。在強權之下，被欺壓的人，往往並沒有餘裕互相扶助，更常見的情況是，被壓榨者，為了得到權力的上級給予的一點好處，只能以更殘暴的方法對付踩在腳下的人，像籠子裡缺乏站立空間的雞，強壯的壓著虛弱的。當妳們想到自己的母親、姊妹、女性好友、女兒或孫女兒，在某個瞬間，會不會也承受如深淵般的羞愧？或在此生，或在來世。

人不必活在一個互相踐踏的極權籠子裡。多年以來，一代又一代的人，付出沉重的代價，反覆證實這個簡單而重要的道理。

八月二十七日（星期二）

「願使歲月靜好，現世安穩。」張愛玲與胡蘭成結婚時，婚書上有這樣的一句話，出自胡的筆下。這兩個多月以來，城市經歷巨大的動盪，人心不安，這兩個話所指的人世間微小幸福，成了一種願望投射。成婚時才二十三歲的張愛玲，被後母厭棄，被父親忽視，經歷過戰爭，眼光總是放在華美旗袍上的蚤子，會不會也被這兩句話的憧憬照亮過。有人說，這原是承諾，後來卻被胡的反覆背叛，而演繹成一種詛咒。

人們總是執著於，愛到白頭才是圓滿的關係。可是，夫婦二人成為一體的意思，其實並不只是相伴，而是互相成為對方的鏡子，給予對方最深刻的課堂，有些人得到忍讓包容的練習，有些人得到患難與共的訓練，也有人沒有危難卻各自紛飛，或感情逐漸褪色冷卻。一段完美關係的意思，並不是走到多遠，而是兩人有沒有通過這段關係學會愛與恨所帶來的艱深課題。有時我想，為何張愛玲選擇了他？或許，是為了從反面去經驗一個人。沒有恨過的愛是不完整的，愛過又恨過，才是讓一個人毫無保留地經過自己。畢竟，撕裂有時，縫補有時，締結有時，分離有時，太陽之下，一切終成虛空，世上唯一可以肯定的實相就是，每個人到了最後都會死。留上心上的疤痕，才是狠狠地活過一場的證據。

張愛玲是在戰火中也要上街去買口紅的女人，她必定知道，如何在亂世中保留胸口間一泓如鏡的靜好。

八月二十九日（星期四）

現在，城市就像一副已患上惡性腫瘤的身軀，可是大腦不願意承認腫瘤的存在，只是想要清除每天都出現的令人煩惱的表面症狀，心卻如實地呈現各種不適。疾病是一場在身體上進行的抗爭，只有健康狀況良好的人才有足夠的能量讓好細胞和壞細胞在體內交戰。無論是一個人或一個城市，生病原是為了讓深層的問題得到治癒的機會。那些從不生病的身軀，雖然每一刻都如常地運作，可是當毒素積聚而無法順利地排出，便隨時都有猝死的風險。

此刻，荃灣的遊行人士和警方對峙中。遊行已得到不反對通知書，至晚上七時。可是這天的中午開始，地鐵已封閉了荃灣和附近的幾個站，巴士停駛。

執法者在五時半開始擲出催淚彈，水炮車也出動，又以非法集結的罪名拘捕遊行的人，然後，兩個月以來第一枚真正的子彈就射出了。我們都知道，因為抗爭而被捕的人，將又被帶到某個無法見律師和致電家人的拘留所，孤單而無助地面對精神和身體上的凌辱。我們眼睜睜地看著但無從救助。兩個月以來，所謂的日常狀況，每天都在改變，城市的面貌似乎仍然繁榮，然而，內在的崩壞已逐一浮現。我們失去了可以過活的安穩，因而更明白，現代的戰爭，並沒有傳統戰爭的可以用眼睛看見的滿目瘡痍。相反，它一直在暗處進行，地鐵被收編、航空公司被收編、傳媒被收編、電視台被收編。政權不斷在製造各種類型的恐懼，躲在恐懼的背後，讓每個人都感到恐懼，然後把注意力轉移到自身的恐懼之上。在惡性腫瘤不斷轉移到全身之前，城市的身軀看來無恙，使人們生出只要不去面對問題的癥結，就可回到正常生活的幻想。

站在當權者和執法者的對面，人們唯一的武器和最後的裝備，其實只有自己的肉身。畢竟，頭盔無法阻擋子彈，鐵枝和磚頭也無法和步槍比拚。而且，在強權之下，道理早已變了形狀，人們拋擲水瓶是暴力的襲擊，而執法者開槍射向無辜者的頭顱是執行職務。

我感到這裡失去了可以安居的空間，所指的是，仇恨和憤怒，像過期催淚彈留下的粒子，一直附在空氣、衣服和物件的表面，甚至人的身體之內，每個人的心都變得愈來愈狹窄。無論是支持或反對修例的人，纏繞在心頭的只有社會目前的亂況，大部份的人都無法專注在自己原來的工作或生活之上，於是，對這件事的立場就成了人和人之間，互相衡量的先決條件。在學校裡、在辦公室裡、在朋友之間、在情人之間、在家人之間，甚至，在茶餐廳裡、在巴士上，在城市的每個角落。當每個場所，每個人都需要表明立場，並在說出每句話，寫下每個句子，都在防備那雙隱藏在暗處又無所不在的監視的眼睛，這裡已失去了可以存活的空間。無論表明立場是因為他人的要求，或自己對他人的要求，歸根結柢，都是因為在混亂的狀況中，對一切的莫名恐懼。社會失去了原來的秩序，人們也失去了對制度的信任，變得非常脆弱而無助。每個人都急於證明，自己是對的，而且，必須是對的，這種不可被質疑的正確，是如此危險。香港的面積雖然一直狹小，而且人滿為患，但曾經，它是個異常廣濶的城市，可以包納不同的聲音和意見，讓充滿各種差異的人可以並存，讓流亡者可以暫時安身。

在非常疲累的時候，我好像也無法仔細地注視他者。例如曾經上過我的寫作課，來自中國大陸的A和D。反修例事件之後不久，剛剛在大學畢業但仍打算留在本地升學的A在臉書上記錄了被內地人員邀請喝茶的經歷。對方以一種異常親切的態度，探詢A在港學習的情況，而A當然知道那是一種另有目的的刺探，因此保持沉默。最後，對方以一種胸有成竹的神情，按著A的肩膀說：「這樣的運動，你不會支持吧。」那不是詢問，而是權力的展示。A在文章的最後一句說，她唯一可以作出的反抗就是不點頭。當然，這文章很快就被刪除了。

強悍而慧黠的D告訴我，因為從小喜歡香港文化，所以到這裡唸大學。她來自高牆的國家，但站在雞蛋的一方，憑著一點小聰明，她逃脫了喝茶的邀請，可是，暑假期間，當她回到鄉間探望家人，在那裡，家人、朋友、鄰居，甚至各個不相干的人，一旦發現她身上那個香港的部份，就急於要她表明對事件的態度，像一場漫長的審訊。

並不是每個人都可以擁有屬於自己的立場。A和D來自一個已被預設了立場的國度，可是她們在這個城市，眼界和思想已產生了無法逆轉的變化，當她們回到自己的原生地，卻再也無法融進那個世界裡去，因而成為了永遠的異鄉人。

我卻無法給她們更多的理解和支持，而我作為一個香港人本來是可以的，或，有這樣的義務。當香港慢慢地剝落和消失的同時，我愈來愈清晰地感到城市烙在我身上的印記。多年前，本地作家西西就說過，我們沒有國籍，只有城藉。香港的歷史，讓護照上的國籍，無法準確地反映人們的真正身份，於是我們理解，一個人真正擁有的世界，不是他的種族、國籍、膚色和性別給他設定的那個，而是他的經歷和想法所建立的那個。我無法以「中國學生」去想像A

和D，因為她們已建立了一個屬於自己的更複雜的世界。

我也沒有能力幫助被催淚彈和胡椒彈遺留在街上的嗆人煙霧持續傷害的流浪動物和無家者。因為我無法找到給動物配戴的防毒面目和安全的口罩，而帶毒的煙霧早已從窗縫或抽氣扇的空隙進入家裡的角落。我還沒有學會處理被催淚煙霧灼傷眼睛、鼻子和皮膚的寵物的所有要訣。我有時會懷疑，當城市已面目全非，養在家裡的動物也不一定會受到保護。

或許，惡性腫瘤是業力遺留下來的結果。當執法者和支持政府的人，稱抗爭者是蟑螂，我想起了五年前，不慎闖進了地鐵路軌的一頭流浪狗。地鐵員工發現狗之後，曾經想把牠驅離路軌，卻花了七分鐘也未能成功，而下一班列車已在等候，於是車長說，不過是一頭狗而已，再拖延下去就會阻塞交通。然後，他們讓車開進去，輾過活生生的狗，並把事件列作「發現異物」。在效率至上的非人性系統之中，狗成了異物，也在相同的系統之中，人終被視為蟑螂。這些年來，為了利益，為了維持巨大的資本主義機器不停運作，我們犧牲了鄉郊和土地、健全的醫療體系、無數小店和樓價合理的房子。這兩個月以來，我們失去了至少六個人的性命、三個人的眼睛、人和人之間的信任、正常運作的執法隊伍、每天行駛的地鐵、許多年輕人，還有健全的身心狀況。我們還有什麼可以犧牲？

治療腫瘤，不一定要以手術刀切割，或許只是重拾深而長的呼吸，更正早已變壞的生活習慣，開拓足以存活的餘裕。我一直在思考，為什麼在五年前，在鐵路公司職員的眼中，十分鐘會比狗的生命重要。正如，在反修例的抗爭中，為什麼許多人認為破壞公物，比一個人失去了眼睛更重要，為什麼人們往往看不見弱勢所受的苦，會不會因為，城市裡大部份被嚴格規訓的人們，其實也看不見自己身上受苦的部份，以至會站在欺壓自己的強權那一方，以便討得好處？還是，人們在忙碌而高速的生活裡，早已喪失和自己的還有和別人的連結，以致，在出現意料之外的狀況時，無法體會更複雜細緻而柔軟的人性的部份？如果是後者，如果我們早已失去了感同身受的餘裕，以至陷入了無休止的分裂，只有重新建立連結才可以活下去。首先是大腦和心的連結，身體和土地的連結，和家人朋友情人動物的連結，最後，是跟陌生人和對立者的連結。

城市的血液恢復暢順的流動，需要一場奇蹟，而活著本來就是對奇蹟的一次又一次持續的盼望。

八月三十日（星期五）

今天，大搜捕，多人遇襲。警方發言人表示，明天，只要到港島區，就有可能被逮捕。

晚上十時，熟悉的大廈迴音又響起，但，這一次，在大廈迴音之後，吶喊的聲音愈來愈高昂，也愈來愈整齊。那幾句口號，多人齊聲喊出，自遠而近，走到窗前一看，原來樓下有一列街坊隊伍，臨時拉呼，舉著手機的燈，有些人拿著中秋燈籠，一步一步喊著口號，在樓下如一道河那樣，從街尾，走到街頭，過馬路，有人用鐳射筆照在學校的白牆上。

白果貓也飛跳到窗前，看著自發的隊伍，然後用眼神問我：「什麼事呢？」我聽到樓下的鄰居對著窗外叫：「又係班甲甴。」然後，又有一小孩童音不斷叫：「加油！加油！」

相信也有許多窗後動物一臉茫然。

謝謝。我心裡說。很想抓起兔子燈籠衝到樓下加入，但，轉念又想，寫這篇文字記錄。

白果一直在窗前看著聲音的來源。

禁制會帶來更多反抗。面對恐懼，有時以幽默，有時以創意。

八月三十一日（星期六）

午飯後匆匆乘車去港島參加祈禱會。車子駛到西隧收費處，警車已在路上，截停車輛檢查。到了上環，街上路人很少。中環，路人更少。其實，如此幽靜的香港，像外國的陌生城市，這樣才適合旅遊。直至到了金鐘，撐著傘子，戴著口罩的人像河那樣，湧進中環方向。我下車去買口罩，便利店門外有兩男吸煙和觀察路人的男人，他們穿便服，但我知道他們是執法者。

我也加入了河流，雨愈來愈大，我有點擔心傘子太小，躲進PP避雨，坐下來喝一杯飲品，在咖啡店，每隔一段時間，就有人喊口號，然後又有人回應，大家一起鼓掌。什麼也不做的人就負責笑。

走出商場時，雨差不多停了，只剩下地上大大小小的水窪。那些大一點的窪子前總有人蹲著，把手機湊近地面，拍人群的倒影。「我要民主」的大幡前，有一個很大的水窪，多人包圍著水，拍攝城市的「天空之鏡」。抗爭使熟悉的城市，裝上了「陌生化」的濾鏡，於是人們紛紛發現城市值得細看之處。突然，前方的人說「退後、退後」，一秒之間，氣氛由輕鬆變成恐慌，人們反射性地轉身逃亡，直至有人大叫「鎮定！」大家才停下來，回頭弄清楚什麼事。其實那一刻沒事。

只是大家都明白，城市早已面目全非，到處都充滿了當權者和執法者佈下的帶刺的欄柵。這天從家裡走出來的人，不是為了衝突，只是為了用身子觸碰欄柵，而不是為了存活而甘於被困，或被各種謊言引導。其實走出來的人心裡都有不同程度的恐懼，畢竟每天都有更壞的消息，唯一的好消息大概就是，這裡的人愈來愈懂得和恐懼共處，以各種方式支持自己和他人。即使是驚弓之鳥，也可以保存著飛翔的勇氣。

離開時，地鐵站還沒有封閉，巴士卻都停駛了。只能回到九龍乘車，車子駛至油麻地，看到警車在截查一輛客貨車，看來是要把司機帶往警局了。五金店的店主和職員被警察抓捕，只是因為被搜出有五金用品和口罩。不久後，金鐘就放了催淚彈，然後又動用了水炮車，把人和街道都染成藍色。執法者又在高樓裡向地面射催淚彈。在這裡，法治已經變形，法律不再是保護文明和人民，自由或渴望自由就是一種罪名。不甘被極權所困的人，難免想像自己被困牢房，從而超越牢房加諸在自己身上的桎梏。

希望各人能安全回家，已是奢想。

九月

九月一日——民間發起「和你塞運動」，試圖癱瘓機場聯外道路。港鐵停駛，當天下午開始，示威者嘗試由公路徒步一小時回到市區，於是，約五千部「家長車」由市區出發往返機場接送示威者。

九月二日——新學年開課首天，開學日大罷課，逾兩百三十間學校、四千名學生出席學校罷課集會。

九月三日——聚集在旺角警署外抗議警方在「八三一」無差別暴力的民眾轉往黃大仙後撤離時，警方首次登上一輛巴士，逐一搜捕示威者，並要求乘客舉高雙手放在頭後方，檢查身份證。

九月四日——林鄭月娥宣佈將會「撤回」《逃犯條例》修訂，但沒有正面回應「五大訴求，缺一不可」的另外四項訴求。

九月六日——數百名市民要求港鐵公開「八三一」事件的閉路電視。

九月九日——市民從這天開始多次發起到不同商場和公園等公眾地方高唱《願榮光歸香港》。

九月十一日——Youtube上出現《願榮光歸香港》管弦樂版。

九月十三日——中秋節，人鏈再現獅子山以及太平山登山道，他們以手機的燈和雷射筆在山間照出亮光的光帶。

九月十五日——民間人權陣線原擬發起「國際民主日」遊行，又遭警方反對，但民眾照樣上街，從銅鑼灣遊行至中環。晚間，北角出現數十名撐警的黑幫人士，手持利器見人即打，多人受傷，在場有大批防暴警未有全力制止。

九月二十一日——「七二一」事件兩個月，晚上，元朗再有靜坐抗議，之後，警方清場，把一名穿黃衣的義工組織「守護孩子行動」成員拖到暗角毒打，再控其襲警。有人拍下影片，其後，警方在記者招待會上表示「只看到一件黃色物件」否認那是人。

九月二十五日——美國參眾兩院外交委員會通過《香港民主及人權法案》。

九月二十六日——林鄭月娥於伊利沙伯體育館舉辦「社區對話」，以抽籤方式決定入場觀眾和發言者，共一百五十位市民進場，其中三十名有發言機會，每人限時發言三分鐘。其中多人提出警察濫暴問題及要求成立獨立調查委員會。

九月二十八日——「雨傘運動」五週年，民間人權陣線發起「反抗權威，迎接黎明」集會。

九月二十九日——「九二九全極權遊行」，全球共六十五個城市與香港同日遊行，支持反送中。在香港，警察施發三百二十八枚催淚彈、三百零六枚橡膠子彈、九十五枚布袋彈、七十九枚海綿彈，拘捕一百四十六人。印尼記者 Veby Mega Indah 被警方以布袋彈擊中右眼失明。

九月一日（星期日）

書桌前是一扇窗，我常常感激這扇窗，窗子像貓那樣對人充滿善意。透過窗，先是看到對面的大廈、樓下的公園和樹、遠處的學校和馬路，更遠處是海、山和天空。

近日的天氣奇怪而反覆。

當暴雨打在我的窗前，窗子頂部的天空烏雲密佈，極遠處的天空卻是藍天和白雲，陽光照出山清晰的輪廓。當陽光透過窗子透進我的書桌，這邊看來晴空廣濶，極遠處的山卻已被霧掩蓋，天上是厚厚的灰陰陰的密雲，海也成了黑灰色。

窗子、山和海在告訴我，不要把目光只放在自己的面前。真實的世界，每分每刻都在變化，當人被困於看似無邊無際的風雨，其實遠方的晴空已在擴展，只是自然有它自己的步伐和時間表。而肉眼看不到的地方，還在醞釀更多。

「遇亨通的日子，你當喜樂，遭患難的日子，你當思想。」〈傳道書〉七章十四節。

九月二日（星期一）

友人傳來私訊問我問題，用上暗號。

我大概能從社會狀況猜到暗號的所指，而在私訊裡也要用上暗語，或許是因為，瀰漫在空氣裡的互相審查的氣氛。當大型航空公司鼓勵員工互相舉報，說「香港人加油」會被辭退，五金店的店主和員工因為低價出售口罩和眼罩而被捕，義務救護員因為被搜出背包裡有急救用品和剪刀而同樣被捕。

法國哲學家傅柯所指的社會就像一個環形監獄，每個人都是監視者和被監視者的狀況已然在這裡形成。

打暗話的溝通方法，使我想到，多年前，受邀到國內某個大型書展主講講座，後來因為某種原因，我推卻了。當時的書籍編輯是個北京人，他說：「我早就提點過你了。」我很驚訝，因為他對這件事沒說過任何有意義的話。他提醒我，早在某封電郵裡，已作出了提示。「但那句話明明沒有任何所指。」我反駁。他卻斬釘截鐵地說是我聽不明白話中之話。現在我能理解，我和他的文化差異，是活在有言論自由之地和沒有言論自由之處的隔閡。極權所操弄的恐懼，不明言禁忌是什麼，讓人們透過如黑洞般的恐懼感去猜想，愈來愈多範疇的事也不敢過問，從不敢說出以至不敢思考，從不敢和別人交換訊息，以至不敢對自己誠實。白色恐怖所毀掉的不僅是道德和常理，也是對自己坦白的勇氣。

於是，我回覆私訊時就決定了不說暗號，也不改變臉書所使用的真實名字。

九月三日（星期二）

生命裡的低谷，是一個可以休息的凹陷。

兩個多月以來，經歷了社會上各動動盪，在各式崩潰之後，再次證實必須先照顧和滋養自己的內在，才可以為他人以至世界付出。於是我為自己訂製了新的時間表，早上十一時之前是安靜時間，把手機調校成飛行模式，不接收任何訊息。梳洗和打坐之後，就動筆寫感恩日記。

寫作就像一種栽種，怎樣的人就會以怎樣的方法翻土和澆水，播下了什麼種籽就會得到什麼回報。在許多公開發表的文字之外，我每天都要寫一些秘密的、無目的和永不發表的文字，那是一片只留給自己的自由空間，在那裡，我可以完全放鬆，什麼也不想同時什麼都可以細想。那是顯意識和潛意識之間的一個曖昧地帶，也是內在和外界的一個緩衝點，我需要每天找一段時間把自己蜷縮在那裡。其中，又以感恩日記為重建內在正面能量震頻的一個重要習慣。先找一本喜歡的本子，每天都翻開新的一頁，寫下那天值得感激的至少十件事。有時候，覺得那天糟透了，根本沒有動力感恩，但這就是最需要記錄感恩的時刻。從生活裡最基本又最容易被習以為常的小事開始，例如家人和貓的陪伴、一個靈活自如的身體、有安身之所、有足夠的食物和衣服、每天都有乾淨的水飲用和清洗、可以一夜好眠、手邊剛好有一杯好茶……每天持續記錄，在各種負面的消息之間，慢慢地開墾了一片屬於自己的美好。

九月四日（星期三）

當城市愈來愈像一個在不斷縮小的牢房，我想起一幅畫。畫家的名字不詳，懸掛在布拉格市郊特雷津鎮當年關押猶太人的集中營遺址。現在那是一個紀念館，收藏了集中營內的猶太人在囚期間所創作的藝術品。大部份的畫作氣氛都是陰灰灰的，描述骨瘦嶙峋的人排隊領取一碗湯果腹，或住在狹窄而擠迫的房間，甚至被虐待的情景，但令我難忘的是記錄田園風光的一批作品——遠方的河流、草坡、寧謐的樹或小屋的外貌。這究竟是對生存和平靜的幻象，抑或，他們在紛亂無望的集中營裡，確實找到與世無爭的一角？

當持著槍械和鐐銬的執法者走進地鐵無差別地向乘客射催淚彈和棍打，人們感到類似死亡的絕望。然後，執法者走進了中學以獅子撲兔的姿勢壓著一名少年，使他失去了兩顆門牙，再跑到一輛巴士上拘捕乘客。

我要拒絕乘搭地鐵，卻在路面迷路，無法找到一輛可以把我載到目的地的巴士，原來多年來對於地鐵的方便和速度產生的依賴早已讓我對城市感到陌生。

時代在退步，監獄的形式和生活愈來愈接近，我在思考那幅靜物畫的意義。人心裡最深層的惡被喚醒的時候，兇猛的程度沒有被文明馴服過，非關種族性別或階級，只是一個人心裡的強大仇恨，必須找到至少一個對象來投射。

有些人把身子不斷蜷縮以免觸碰牢房的欄柵，有些人卻不斷身子撞向欄柵以保持自由的空間，他們都在爭取安心之所。

九月八日（星期日）

在一個文學講座，我不自覺地說出：「這裡曾經有過言論自由……」另一名講者即說：「為何說『曾經』？香港一直都很自由。」

這是最近幾年一種普遍的爭論。總是有一群人說，這裡是自由的，而另一群人則持相反意見，他們彼此都無法說服對方，因為他們其實太相近，都只是渴望一個安居之所，只是，想像力截然不同。正如，有些鳥選擇在天空翱翔，牠們是自由的，卻也要承擔被獵人擊落或不慎撞上飛機的恐懼，有的鳥寧靜困在安全的籠中，因為捨棄自由而被禁錮的安全令牠們感到更自在。

美國第三十二任總統羅斯福在一九四一年聯邦國會發表的演說，提倡「四大自由」，包括言論自由、信仰自由、免於匱乏的自由和免於恐懼的自由。四大自由後來成為《聯合國憲章》的組成部份。如果以上的四種自由是生而為人的基本權利，那麼，為何少年要對執法者說：「你的良心掉在哪裡了？」便被執法者棍打然後帶上警車？為何沒有作出任何違法行為的人，在城市裡看見防暴警察便感到暴力將至的恐懼？而有這麼多的旁觀者，總是不問因由地靠向掌有權力的一方。

籠中鳥會對天空中受傷的鳥訕笑說：「你們活該，因為你們竟然，飛！」籠中鳥甘願放棄飛翔的本能，牠們以為不反抗就是最安全的被豢養的形式。衝出籠子的鳥則相信，依循本能，得到一片屬於自己的天空才是生而為鳥的責任。想像力令牠們殊途。

九月九日（星期一）

早起，清洗杯子時便聽到口號，到窗前一看，樓下兩所中學的門外，已有人鏈，人們手拉著手，在豔陽下，高叫各種口號。秒哭。

已經三個月，數不清的催淚彈和橡膠彈、許多人被警察打至重傷、人們自殺、又有好些人明顯是他殺，但警方說「沒可疑」便列作自殺處理、男警可以隨意在街上搜查少女的身體、打人或把人拉上警車、許多集會都收到反對通知書，而得到不反對通知書的集會，卻都是申請時間未完結，防暴警就出來暴力地驅趕。他們仍然站出來組成的人鏈。

現代的戰爭，城市一邊歌舞昇平，一邊死傷連連。當人們憤怒地呼喊要成立獨立調查委員會，卻一直得不到回應，建制政黨跑出來說，要倡議成立「監師會」，在課室安裝CCTV。

一直站在窗前，有點擔心警車會出現，而中學外的人鏈，八時準時散去，只剩下快要遲到而奔跑回校的學生。

累極時去吃書店咖啡座一片甘筍蛋糕，店員用巧克力在碟子上寫：「光復香港／時代革命／五大訴求／缺一不可」。我一直想，他怎麼能肯定，收到的客人不會是另一個立場的人？他會不會擔心被投訴？然後就覺得，勇敢就是，不只是相信世界會讓自己安全，而是，自己讓這個世界變得安全。不只信任同行的人，也相信帶著敵意的人，說到底就是，相信自己，可以安於每一種狀況。

九月十日（星期二）

貓留下一道傷痕給我，從掌心跨過脈搏延伸至手肘，血從中央噴瀉而出，皮肉便裂開成河的兩岸。那只是日常生活中，我沒有多加注意的瞬間，就像以往任何一次，貓正在蓄勢待發，打算跳上我的電腦鍵盤。為了阻止牠打擾我的寫作，我一手撈起了貓，貓後腿使力一蹬，指爪喚醒了我的痛覺。過了半晌，血才從真皮層湧出，一種強烈的腥。

M曾經談及，狗給她的傷口沒有血，只是劃在心上。「我花了許多年撫平牠的死亡留下來的痛楚。」她說，家裡房間的門把，被狗在生時狠狠地咬去了，留下了一個洞。她故意留著那空洞，門上缺失的把手，證實狗確切地跟她一起生活過，離世後依然以某種方式存在著。此後，她的家並沒有任何寵物，只是，她每天都風雨不改地到街上餵飼一群飢餓的流浪貓。

為什麼傷口沒有阻止我們靠向彼此？無論對方是人類還是動物，親密就是傷害的溫床，在日常的共處中，無意識地造成的創口，帶來的痛苦往往最深刻。

即使終其一生謹慎和體貼，疾病和死亡也必會帶來無法撫平的凹洞。

貓給我的傷痕成了一道暗血色的路徑，久久不癒。我對牠並不生氣也不防備。只是某夜夢迴，看到貓就睡在身旁，忽然懷疑，這究竟是因為我無法從痛苦中學習距離，還是仍然在艱難地穿越痛苦。唯一肯定的是，不是貓的我，必然也有看不見的利爪，在不自覺的時候，劃破過許多人的皮膚。

九月十一日（星期三）

夏天的痕跡漸漸消褪。這個多事的夏天，忘記了許多夏季的家務，例如，忘了把棉被拿到空地的晾曬專區，在艷陽下曬上一兩天，為棉被注進溫暖的能量；或，忘了把大衣帶到洗衣店乾洗。中醫說冬病夏治，其實，入冬後的安穩生活，也是從夏天開始預備和計劃。

但在這個被抗爭和不公義填滿的夏季，我卻重新和榴槤建立關係。榴槤是屬於夏季的記憶。童年時期，嗜榴槤的母親常常從菜市場帶回好幾個榴槤，放在屋子角落催熟，幾天後，佈滿尖銳釘子的外殼便會裂出好幾條路徑，讓母親能徒手把它掰開，把鮮黃柔軟的果肉取出放在碗子裡，一家人分著吃。飽餐榴槤後，要把開水注進空的榴槤殼中，再喝下去，這樣，就能平伏榴槤在身體內留下的燥熱。正如薑肉溫熱，但薑皮偏寒，所以吃薑要連皮，榴槤肉有滋陰和溫暖身體的作用，以榴槤殼煮水卻能清熱降火。天然的食物本身就是一個整全而平衡的小宇宙。

我已有多年沒吃過榴槤，卻在今夏一連獨吃了好幾個。身體會把欠缺營養的訊息傳送到舌頭，讓口腔尋找所需的食物。母親的故鄉盛產榴槤，當她進食榴槤，就在回味自己在鄉間的童年，而當我把榴槤放進嘴巴，就在咀嚼和家人的共聚時光。親密的其中一種面向，是愛上了他人的食物，移植了他人的口味，留在味蕾上的記憶，終其一生難以磨滅。對我來說，代表團圓的，從來不是月餅，而是榴槤。

九月十二日（星期四）

這一刻，政府正在研究設立《蒙面法》，而九月十五日的遊行又獲反對通知書。沒有人知道太子站在八三一失蹤的嚴重傷者究竟在哪裡，只能確定警察一再說謊。我一直希望這是誤傳的消息，但證據和不安感到愈來愈切實。

幾天前，出席了在圓形廣場的罷課集會，有人問：「仇恨能給人力量，為何不可使用仇恨達到目的？」（大意）當時我只是簡單回答了，從歷史來看，出於仇恨的意圖，只會造成災難和死傷，例如希特拉以仇恨清洗猶太人。

回家後再細想，在當下的狀況，如果心裡有憤怒和恨意，或許難以避免。

我想，要弄清楚的是，確認自己心裡的恨，容許自己心裡有恨，然後照顧這恨意，安撫這恨意，是一個層面的事；而立志在以後的日子，以仇恨作為基礎和行動，以達成某種目的，是另一個層面的事。

在第一個層面，我想，把心裡的恨像號哭的嬰兒仔細地照料是必須的事，因為已經三個月了，大家像在廣袤的沙漠裡步行，甚至看不到任何綠洲和水源。要繼續走下去，就得和內裡的恨意和負面情緒對話，像為貓梳毛那樣理順它。如果在這個層面，可以跟自己的恨意源頭接通，不被恨意駕馭，就可以在恨意中得到力量，然後冷靜地再去想，要把這力量灌溉在什麼地方。

而在第二個層面，在我的經驗裡，以恨意作為動力的行動，帶來的真的只有毀滅而已。而且我相信，三個月前，人們抗爭是為了建設一個更公平和自由的社會，而不是充滿仇恨的地方。

明天是中秋了。但願人長久。希望受過傷的都會痊癒。

九月十三日（星期五） 中秋

在所愛的生物的瞳孔裡
每個晚上都有月圓
藏著發光的黑夜
你們失去的
終會在自己的影子裡尋獲
現在的太陽過於殘酷
煎烤沒法回家的人
繼續流浪
但要相信冬天
火會變得溫暖
牢籠關不住鳥的影子

翅膀會找到天空

九月十五日（星期日）

貓和魚

起行前，在銅鑼灣地鐵站看到一個穿黃色制服的職員，但他的站姿和眼神都向全世界宣示，他是執法者。

人比我想像中多，佔了所有行車線。他們舉起藍色的圓形紙扇，上面有海和魚。我感到口渴。

地面幾乎沒有穿制服的執法者，但我總是感到，他們隱藏在人群裡。

一個半小時後，到達了太古廣場，商場關上了玻璃門。金鐘地鐵站佈滿了防暴警和軍裝，他們像貓盯著魚那樣盯著路人。我太渴了，去買果汁，在入閘前，一邊喝果汁一邊像魚盯著貓那樣盯著綠色的執法者，然後覺得，他們的身影全都在說：「我們就是要你們感到害怕。」

九月十六日（星期一）

我已無法稽考，「離地」這個詞語，是在什麼時候開始在人們的日常交談中紛紛開花。流行的用語，是大眾精神世界的一扇小窗子。這三個月之來，人和人之間的分歧和決裂像過於成熟終於裂開了的果實，露出了果肉或潛藏其中已久的果蠅。「離地」就是其中一個頻繁地出現的形容詞。所謂「離地」，即是活在一個距離真實的民間疾苦過於遙遠的層面，無法體會一般市民和基層的生活苦惱。

不過，世界是圓形的，由不同性質的地面所組成，而每個人和他人分享著客觀的現實之時，又必定保有著一個主觀的、私有的現實。與其說各人頭上一片天，倒不如說各人足下一片地。如果這裡曾經是個繽紛豐富而多元的國際城市，必定是因為，那時候，每個人都可以包納，他人足下踏著的那一片不一定跟自己相同的地面。「離地」這個詞語，指出了自己的地面沒有被誰尊重和理解過的無奈和怨憤，卻同時也有著否定他人足下那片土地的自以為是。

「離地」一詞的語境，必須通過肯定自己賴以生活的地面才是主流的地面，對他人的指摘才能成立。然而，土地就像生活，總是因為人在其中的創造而各有不同。於是，「離地」一詞的泛濫使用所真正指出的可能是，這裡的人的生活正在互相排斥，而且總是感到他人是危險的而且隨時危害到自身的利益，不得不先以「離地」否定對面的人，才能保住自己的一片地。

因為有「離地」，才會出現「貼地」。「貼地」是「離地」的反義詞，即是能緊貼一般大眾的生活實況。不過，誰才是「一般大眾」？每個人都不免會認為，自己就是大眾的一分子，而自己正在經歷和感受的就是民情。當人們形容另一個人非常「貼地」時，難免帶著一種終於遇上知音的共鳴感。

有時候，我會難以自控地懷緬著一個沒有智能手機和大量社交媒體的年代，人們使用電腦，卻仍未被電腦所操控。那時，形容詞「離地」和「貼地」還沒有出現，人們在網上閱覽報章，讀實體的書，等候巴士時讓自己放空或思考。那時候，閱讀是一扇通向外界和未知的窗子，人們仍然願意冒險，期待在字裡行間碰到從未遇見的觀點和意念，人們還沒有因為資訊過多而疲乏，人們對他者仍然是好奇的。現在，人們大量地在網上閱覽，快速地瀏覽標題，無法讀太長的文章，走馬看花地遊歷過許多資訊以後，在跟自己觀點相近的文字裡停駐和細看，像走在街上，看到櫥窗玻璃反照出自己的倒映那樣感到熟悉。我常常自問，在資訊爆炸的時代，每次多讀一些文字，會不會其實只在反芻跟自己接近的看法？最後，人不斷吸收知識卻沒法增長，反而在縮小。

於是，每次在臉書上發表文章，看到按讚的數目不斷上升，或，我在別人的臉書按讚時，都會生出一種憂慮——這只是空谷回音，真正的交流其實從未發生。

九月十七日（星期二）

他們用警棍重擊年輕人的頭顱。他們用催淚彈射向記者的頭部。他們用布袋彈射向救護員的眼睛。他們向早已頭破血流的人的傷口施以胡椒噴霧。

人們紛紛以道德譴責這些持有武器的人不可瞄準他人的頭顱後，他們更肆無忌憚地針對每一顆令他們不高興的頭顱。

德國作家莫妮卡．瑪儂的小說《悲傷動物》中，描述了一群從戰場回來的男人，身體仍然健康，卻再也無法快樂起來，因為他們的腦裡遺留了炮彈的碎片，創傷後遺症留下一個密封的記憶瓶子。

人的腦袋掌管著靈魂和意志。對於極權管治者來說，會思考的腦袋總是令他們煩惱，自由的意志總是容易吐出反抗的聲音。執法者作為政權的工具，必須努力地抹去個人的獨立意志。當他們攻擊反抗者的頭顱時，他們在痛擊的是一個他們早已放棄守護的東西。他們必須讓反抗的人在難以忘記的痛苦中得到恐懼的教訓。

可是，他們可能不知道，多年以後，這些曾經反抗過的人，無論有沒有受傷，將會因為這些穿了洞、流過血或嚴重震蕩過的頭顱，而被碎片進入了腦袋。這一年在香港發生過的事，將會永遠留在他們的身體內，隨著血液遊走全身，無論那時候的香港是否已被掏空了內容，這些人和他們的香港仍然會因著這些碎片而有著密不可分的關係，以至成了更強韌的存在。因為沿著創傷的路一直向前走，每個人都會得到恍如爆炸般巨大的蛻變力量。

九月十九日（星期四）

還有幾天，就是秋分。早上的空氣中滲進了秋的氣味。晨間打坐時，貓躺在身旁享受陽光。（但貓會想：我享受陽光時，人類朋友陪伴在側。）

貓每天都會找一段時間，離開紛擾，留在寧靜裡，為了當不可避免的混亂到來，比較容易保持平衡，為了不可忘記日子如何過。

九月二十日（星期五）

來自T地的作家說：「如果要寫作，不要離開自己的土地。」於是我不由自主地想，離開自己的土地，是一件怎樣的事？是鳥離開築了巢穴的樹、貓離開棲息的地區、蛇無法返回熟悉的洞穴，還是，寄居蟹失去了舊有的殼同時再也找不著新的、蝸牛在雨天被踩碎，或，龜被活生生地剝離自己的背部？

在《笑忘書》裡，米蘭昆德拉述說了兩個故事。在第一個故事裡，「我」跟成千上萬不甘壓迫，選擇反抗的捷克人一樣，在俄國人佔領國家後，紛紛失去了工作。沒有人有勇氣給他們工作，因為秘密警察監視的目光無處不在，一旦發現有人在幫助反抗者，救助人將會毀掉一生的前途。「我」在幾乎飢寒交迫的時候，得到一本雜誌的年輕編輯相助，讓「我」以隱姓埋名，另起筆名的方式，在雜誌內寫一個星相專欄。不久，這件事被揭發，年輕的編輯丟了工作，她再找到另一份工作，就在面試成功之後，她被告知不能受聘。

在另一個故事裡，塔米娜夫婦流亡後無法回到布拉格，即使他們能得到特赦並被邀請回去，可是，一切已不再一樣。當塔米娜的丈夫，工作被調換得愈來愈低級，終於被辭退後，朋友心裡雖然支持他，可是全都因為恐懼而無法替他說一句話，於是，朋友們的羞愧成為了他們之間的隔閡。丈夫的前同事為了保住工作，簽署了一份公開聲明譴責他。塔米娜為了讓弟弟高薪職位不受影響，不再跟他聯絡。這一切都是讓他們無法回國的鴻溝。

構成一片土地的最關鍵元素，是上面住著的那一群人、關係、制度、信任、語言、說話和走路的速度、價值觀、處事的方法和規則……一堆難以名狀，而令人感到無比親切的事物。然而政權像暴風那樣，輕易便捲走建立多年的這一切。

米蘭昆德拉在四十四歲的時候，因為曾經批評俄國入侵布拉格的行為，被列入黑名單，開始流亡法國的後半生。在法國最初的十五年，他一直以捷克語寫作，關於「布拉格之春」和在俄國人的統治下布拉格人的生活。他的身體移居了，但靈魂仍留在原居的土地之上*。

經歷過兩次流亡國外的烏拉圭作家愛德華多．加萊亞諾說，他是個飽受記憶困擾的作家。他的《擁抱之書》，一篇又一篇像詩那樣的短文，拼貼出的卻是關於國族歷史的個人傷口。記憶是一種義務，卻也是令傷口無法順利癒合的刺激劑。此書在一九八九年出版，那時候，他已經結束了流亡生涯，回到出生地烏拉圭，可是，他身體內某個重要的部份仍然活在過去的可怕的烏拉圭之中。「烏拉圭獨裁政府意圖讓每個人都孤立無助，希望每個人什麼都不是：在監獄裡，在軍營裡，在整個國家，交流是一種罪行。」他這樣寫，可是人們沒有放棄交流，無法說話，便用手語，無法見面，便敲打牆壁傳達訊息。土地會在人的身上留下疤痕，土地會不斷改變，可是傷痕難以消失，因為，那是回家的路徑。

高行健獲得諾貝爾文學獎的第二年，我剛剛進入一所報館工作，在某篇報導裡，我寫下了關於高行健的譯者來港舉行講座的事。主任把報導刪掉，告訴我，不可以提及這些危險的名字。那時候的我感到憤憤不平，現在我才知道，當時太年少，無法明白，這是他回家的方式——有些人的身體最後回到自己的土地，有些人以思念或作品連繫著自己的土地，有些人則以缺席的方式回到自己的土地，尤其是當他們成了一種別具意義的忌諱，國家不自覺地留給他們一張空的椅子。

＊按：十二月三日，捷克外交部表示米蘭昆德拉重獲捷克公民身份。

九月二十三日（星期一）

有時候，早上醒來，開收音機，聽到政府的宣傳廣告，內容談及，清晨新鮮出爐的菠蘿包香氣、電車駛過時響起的叮叮，鄰居閒話談天的笑語，聲帶的最後一句是這樣的：「珍惜香港這個家」。然後，就是新聞報導，關於前一天夜裡的抗爭，防暴警察在哪裡出動，以及，有多少個示威者被捕。這一年的夏天，這裡的人見證著，家如何在自己的腳下溜走，土地仍是一樣的土地，自己也沒有移動半寸，但家已面目全非。

我喜歡電車，可是已無法完全信任巴士和地鐵，無法確定走上一列地鐵車廂，不會遭遇無差別的襲擊。警車在城市各處頻繁地巡邏，執法者出言侮辱回家的路人，尤其是看來年輕的人。我也愛吃菠蘿包，而這三個月的經歷讓我們知道，沒有被催淚彈污染過的食物是難得的，清新的空氣並非理所當然。究竟要躲在哪裡，才能產生已經回到安全的家的幻覺？分裂的城市，各區都有濫捕，但沒有家。當人們嘗試用各種方法，握緊和珍惜城市裡僅存的家的元素，例如公平和公義，就會嚐到棍子和胡椒水。

宣傳廣告每次在收音機播出，也令我細想「珍惜」的意義，慢慢地猜到，那可會是，不聞不問不說不思考不談論，只消費不吶喊，只上班不上街，把目光停定在已有的物質條件之上，不注視弱勢和受苦者，不去追查事情的前因後果？「珍惜」等同馴服，使我在仍然炎熱的秋日早上，不寒而慄。

九月二十四日（星期二）

執法者在街上用腳踢向已倒地不起的穿黃衣男人，他是義工。在記者會上，執法者的發言人說，他們沒有發現那是人，只是踢一個黃色物件罷了。

人是如何慢慢地淪為物件？我想起二〇一四年，流浪狗「未雪」誤闖上水地鐵路軌，職員發現了牠，走進路軌嘗試驅趕，但狗受了驚，沒有離去，不足一分鐘後，列車把牠當作物件般，在牠身上輾過，把牠從活物輾成肉醬。那一年，譴責港鐵處理流浪狗的人，被嘲諷對動物有著太多不必要的愛。其實，一個城市的政策如何對待動物，反映了政府終於會如何對待人民。

在這個城市裡，是誰界定生命？原來，不是母親，也不是上帝，而是權力機關。五年前，為了追求效率和速度，為了節省幾分鐘，讓一隻狗活生生被輾死。五年後的今天，或許因為立場不同，或許因為同情那些發出抵抗聲音的人，人走在街上，就有可能遭遇死物般的對待，而且失去人的身份。

如果這件事還有一點關於希望的部份，那就是，城市帶來的壓迫和不義，終於不只針對藏身在暗角的人和動物，當隱藏的暴力曝露在大部份人的眼前，影響了大部份人的利益，人們才有可能跨越自己的邊界，仔細端詳身處另一個階層的他者，感同身受才有可能發生，一切失序的才有恢復平衡的可能。

九月二十五日（星期三）

米蘭昆德拉在《笑忘書》裡提及一個難以翻譯成其他語言的捷克詞Litost，音譯成中文就是「力脫思特」，意思是，人在某種情境下突然發現自身的可悲境況後產生的自我折磨狀態，尤其是，對手比自己強，甚至無法站在對等的位置對抗，甚至報復。例如，一個受盡委屈和虐待的人，只能通過自殺來達到控訴的目的，例如，當成千上萬的俄國坦克佔領了捷克時，處於弱勢的捷克人不斷反抗，然後不斷經歷各種失敗，他們仍然拒絕妥協，即使他們清楚地知道，擺在他們眼前的只是幾種不同形式的失敗罷了。然而，這些光榮的失敗，在推動著世界歷史的進程。米蘭昆德拉說，捷克在強權前寸步不讓的歷史，即是一種力脫思特的歷史。

從力脫思特，我想到最接近的詞語，是「攪炒」。翻譯所求的不是完全相同，而是盡量靠近，不是消除語言上的鴻溝，而是嘗試接通鴻溝。歷史總是不斷重複，但同時，又不會有兩件歷史事件完全相同。翻譯和創作都是一個覺察的過程。攬炒不等於同歸於盡，當中既有無處申訴，無法爭取公平的鬱悶，但更多的是一種置諸死地而後生的僅存的希望，其中有著進取的行動力，畢竟，「攬」和「炒」都是動詞。

多年以後，當人們回顧這城市在這三個月以來所發生的事，琢磨著「攬炒」這個詞語時，不知道他們能否體會，這個詞語所包含著的在絕望中渴求奇蹟的心情。

二〇一四年
九月二十八日至十月

二〇一四年九月二十八日（星期日）

據說，在那裡，必須源源不絕地補給，而且永遠不會真正足夠的物資，是人。於是，我把自己放在那裡。每一次的集會，都很清楚地知道，把自己放在那裡，不是為了誰或守護誰，只是為了保護這個出生和長大的地方，土地是行動的中心點，那運動的發起人是誰並不是最重要的，因為每個人都能主導自己的腳步。

昨晚的人是我所見過最多的。因為鄧鄧遠在美國，我就沒法緊握著誰的手。從地鐵站走出來，隨著人潮從許多已封路的地方之間，另闢蹊徑到達集會的所在，在擠擁的人群之間，身邊有許多漩渦，就必須保持比平常更深的定靜。

帶了一本蕭紅，但在昏暗的燈光下無法展讀。有不認識的人跟我打招呼，有我認得的人，但我不上前打招呼，然後，互相認識的人走到跟前，我們談了一會。待得T和J到來，我們席地而坐，談罷課，談運動，談文學獎，談朋友和食物，談自己。

在那裡，有一個部份，其實是積聚一些能量，如果城市是人心的反映，就在許多各不相干的細節裡，拭抹佈滿塵垢的心。

深夜和早上，聚集的地點至為脆弱。今天晚上還是再去，或明天早上再去。

二〇一四年九月二十八日（星期日） 黃昏

朋友說，他們可能會開槍，剛才已放催淚彈，叫我不要去，但我還是想去，到底現場怎樣？在場的人是否都安全？

二〇一四年九月二十八日（星期日） 夜

中銀大廈外，戴著面罩、盾牌、警棍，裝備齊全的警察，向靜坐在地上的人三面包圍。這不是我認識的地方。

「不要傷害他們！」

「他們手無寸鐵！」

「你們應該罷工。」

施放第一枚催淚彈前，圍觀的人此起彼落地喊。

二〇一四年九月二十九日（星期一）

今天的氣氛跟昨夜是極端的對比。

昨夜十一時，金鐘力寶中心對面恍如戰場（但那其實已是相對安全的地方），我們只有雨傘、毛巾、水、雨衣、泳鏡和口罩（有的人並沒有整全的裝備），一隊警察走過，坐在地上的人立刻驚惶地站起（這讓我明白自己多麼膽小）。幾個朋友在打鼓，鼓聲令心跳慢慢找到節奏。拿著麥克風的人一再講解，警察在行動前會先舉牌，放催淚彈前會先亮黑旗，那時候，大家可以和平離開，不要做出挑釁行為。

我們正在離去時，防暴警察從三面包圍還在靜坐的人，這時候，圍觀和拍照就是一種保護。大家此起彼落地叫：「別傷害他們。」「我們都是香港人！」「我不認識這裡。」我們戴著口罩向著對方說，四隻眼睛都有淚光。

不久，他們佈了陣，亮了旗，就開始施放催淚彈，不足半小時內放了至少五枚。都在離我們很遠的地方，我們立刻套上眼罩和用濕毛巾掩口鼻，但辛辣的氣息還是很嗆人。我們幾次走遠又跑回去，為了看著他們還做了什麼。

適應了這樣的氣氛後已可以笑話紓緩緊張：「杜琪峰應該趕快來拍這大場面。」

那一刻其實心裡明白，極權的意思，並不是你做了什麼，他們才會開槍，而是，什麼也不做，他們也可以發出子彈。但我一直感到被保護，在那裡的人可以互相照顧。把風的人在不同的據點跑來跑去，通風報訊，架設鐵馬防止警察強攻，另一些人收拾物資和分發。餘下的人要做的就是，保持鎮靜和盡量留守。這一切只是為了有表達意見的自由。

一個非由民選的政府，不必對人民負責，所以，住在這裡的人對於自己的房子和農田被強行拆遷、自己的母語被慢慢抹滅、不斷高漲的樓價和租金、比居民數目更多的遊人……只可默默忍受，要是生活還可以過下去，為什麼還要擾亂日常的秩序帶來麻煩。

明顯的暴力會令人更團結，但，這裡的人的弱點並非膽怯，而是容易麻木。因此，今夜坐在一個恍如嘉年華會或野餐活動般輕鬆愉快的集會裡，可見的範圍內一個警察也沒有，心裡的不安並沒有減褪。

一個物業經紀說：「佔中不過是這幾天的事，不久就會過去。」

《百年孤寂》裡，香蕉園工人示威時非常歡樂，一邊吃喝唱歌一邊談天，因為誰都認為警察不會真的開槍。

其實，麻醉也是一種有效而不見血的彈藥，畢竟，像死了一樣地活著是很舒適的狀況。

行動到這裡還沒有真正達成什麼。

我希望只是自己過於容易擔憂。

二〇一四年十月一日（星期三）早上

不小心讓心穿了一個洞

儲備多時的東西框瑯框瑯地掉下去

滑進看不見的地方

於是又回復了什麼都沒有的狀態

二〇一四年十月一日（星期三）

「你們的革命太守秩序了。（要爭取的，其實最終也無法實現吧。）」異地報章的標題和旁觀的外國朋友目光，都帶著這樣的意味。

或許這就是這裡的人的特性。沒有任何人能逃避被城市模塑自己的形狀。能在這裡順利地過活的人，早已習慣把自己壓縮和疊摺，讓自己霸佔的空間盡量變小，不為他人或環境造成負擔，因此，一個五口家庭擠在一個二百呎的劏房裡，不但沒有變瘋，甚至仍然可以產生安居樂業的想像；大部分的人都沒有自己的房間，終日待在水泄不通而且規條嚴謹的商場或連鎖咖啡店，都能適應一片蒼白的風景；面對著昂貴得難以想像而快要比自己身體更小的樓房，竟然能溫馴地購買，而且成功把自己蜷起來收納進去。所以，在遊行或示威的時候，也沒有人能真正放鬆綑縛多時的手腳，否則，在無數次人數眾多有如年宵夜市或除夕倒數活動的集會裡，就不可能不發生意外，而且在每次有救護車通過時迅速闖出道路，又在集會完結時把垃圾收進黑色膠袋裡，就像一批訓練多時的特種市民。否則，集會的人最害怕的，就不會是被扣上「暴力」的污名，在這裡，佔據太多空間，從來都是一種不可饒恕的罪惡。城市的規訓烙在人身上的痕跡如此可愛，卻也如此可怕。沒有高低好壞的區別，這就是活在這裡的居民。

擠擁早已把人馴養，突然掙回屬於自己的街道，躺在本來交通繁忙的行車線上，在欄杆和石墩橫一條自設的梯級或通道、有人在悶熱的街道為過路的人搧涼、有人突然在清理滿佈地上的垃圾、有人教授自製酵素的方法……街道的可能性還有多少，關於沒有規管的自由還有多大的空間，這樣的路可以走多遠，並沒有人清楚地知道。

其實我無法避免茫然，或許是因為失去了籠牢的指引突然找不到方向，但也有可能，我要的不止是重奪公共空間的自由，還有投票選擇一個可以信任的政府、真正能參與制定城市的決策、言論、集會、以及，免於恐懼的自由。

行動至此，遍地開遮*。既然，這裡並沒有深厚的抗爭傳統，沒有上一代的人讓我們看到可以怎樣摸索前進，沒有所謂承襲，沒有首領也沒有固定的群體可以依附，可以信任就是每個個人。每個個體想要過的是一種怎樣的生活，想要居於一個怎樣的城市，想要設立一種怎樣的制度，可以通過對話產生，在把自己擠壓至扭曲變形和張狂得無法無天之間，取得一種平衡，讓摺合多時早已麻痺的身體找到活動的空間。

深夜，地鐵服務終止後，我花了四小時和多了一倍的車費才回到島上，因此而明白，那些從不打算張開傘子的人，心裡的怨憤，不過，必定有些事情，比快速和便利的習慣重要，必定有一種過活的方式，比逆來順受更好。

行動終於會回到日常之中，街頭的集結終會完成，那時，真正的運動才會展開。究竟，在繁瑣而平淡的日常之中，人們是否還能辨認，在地鐵列車裡跟他擠得差不多臉貼臉的人，其實是在集會裡一同待過的同路者；而立場不同的

---

* 按：「遮」為廣東話，即雨傘。

人，其實都有著各自的理由和表達的自由；那時候，人們是否能無私地分享，不壓壞路邊的一朵花，不欺負沒有主人的貓狗，明白自己可以為了一種相信的價值不斷付出，也可以為了公義或至少是合理而盡力爭取。

有時候，人們行動並不是因為能預料或確定能達到目的，而僅僅是為了，做一件該做的事。畢竟，在某個層面，活著是為了成為自己所喜歡的人。

二〇一四年十月五日（星期日）

「有人給我們假的選舉

我們給你真的群眾」——陳麗娟

什麼是真實。要是這裡的人爭取的是「真普選」，拒絕的是假的合理與和諧，那麼，就必會經過真實之中所包含的一切美善，以及，它所包含一切邪惡。

無論是堅決不理會人們訴求的政權、包圍民眾施放催淚氣體的防暴警察、混集著暴民和良民的街頭、袖手旁觀甚至帶著罪犯離開現場的執法者、激烈反對佔領行動的，或漠不關心的人，全都是真實的一部分。在尋常的日子，那被日常假的安穩遮蔽。尋找真實的人，本來就得具備直面真相的勇氣，而在這過程中，終於會得到與真實共處的能力。

非暴力並不會終止暴力，有時候，這甚至會招致更大的暴力，因為，暴力在許多情況下，並非因相近的暴力而激發，而是恐懼。極權害怕孩子似的實話實說的人，以及，讓一切變得透明的純粹，於是，許多不為什麼只為了心裡信念而走到街上去的人，便被打得頭破血流，又有許多淫穢的手，襲向女子的胸口，而受害的人卻被拘捕。儘管如此，堅守非暴力，只是為了拒絕成為暴力的一部份，以及，突顯暴力之惡。

許多參與集會後的深夜，從車站走一段路回家，一邊是我永遠無法住進去的豪華房子，而另一邊是無言的樹。與一個太平盛世的景象非常接近。路上沒有任何他人。這個城市早已分裂成兩個或更多截然不同的世界，只要願意留在一個遠離真相的世界裡，就可以活在安定繁榮的假象中，而那裡非常舒適。我問自己為什麼無法安然睡去，曾經有一個人對我說，人一旦從夢裡醒來，就無法假裝繼續安睡，那時候我卻認為自己可以做到，直至某天我從一個深沉的夢醒來，才能理解那個人所說的話，但也同時明白，每個人都有裝睡的權利，正如每個人都有維持清醒的權利那樣重要。許多趕往參與集會的夜裡，我無法遏止對自己的質問，畢竟真和假其實都不是絕對，在更多的情況下只是相對。直至雙腳把我帶到現場，那個每一刻都可能出現突發危險的地方，心裡才會回復平靜，平靜得恍如置身風眼中央。

就像每一個每天駐守行動現場的人，經歷了身心俱疲的一周。城市如肉身，病壞已久，當前發炎流膿潰爛的反應，只是掙脫了長久抑壓的藥物所引起的排毒狀況，原也不必感到害怕，要是繼續各種治標不治本的把戲，當病毒變本加厲成了無藥可治的怪獸，它一旦出現就會直接通向城市的死亡。

要是在這紛亂之中，始終有一點希望沒有熄滅，並不是因為任何策略、分析和看來機智的說法，只是因為相信生命本身，會給每個失去方向的人闢出道路。生命很短，只能盡力去做可以做的事情。時間的線很長，在每個不同的點，無論成功或失敗都有不同的意義。

二〇一四年十月九日（星期四）

孤獨並不會讓人難過，許多時候，那是某種自由，真正令人不知所措的是，人無法真正孤獨，總是有某個部分，跟集體血肉相連。

設若這是個巨大的監獄，我嘗試逃走，便惹來了其他囚犯的埋怨：「因為你的舉動，獄卒為了懲治，減少給我們發放食物，又毆打我們，這裡原是個安定的地方，你卻破壞了這裡的平靜。」

另一些囚犯說：「從來沒有人能從這裡逃到更美好的地方，牢房外是最冷的冬天，沒有哪一處比這裡更溫暖了。而獄卒給逃走的人的處罰是，暴力鎮壓。」

* * *

那天，在流動教室，T說，文學保留了某個時代的事情，延續人們對它的思考（大意）。《浮城誌異》裡，浮城的居民到了五月，便會做相同的夢，夢裡，每個人都懸浮在空中，既不交談，也不說話，只是沉默地讓雙腳離開地面，那是浮人。他們只是把不安留在夢裡，即使有著相同的夢，也無法分享焦慮，也有可能，其實根本沒有人發現心裡原來有失重的部分，因此也就難以互相連結。小說寫成至今，差不多二十年，經過許多事情，這裡的人才慢慢讓腳掌踏在地面，重新認清自己和這片土地的關係，但柔軟的皮膚碰到堅硬的地面，就難免造成摩擦和創傷。人與人之間的連繫，如果那裡有足夠的和認真和真誠，就得承受某種嚴重的分裂，在找到一個共處的方式以前，裂痕和傷害幾乎不可避免。有時候，我並不肯定自己是否有足夠的強韌，而個人的命運無法跟城市完全分割。無論跑到哪裡都是一樣。

＊　＊　＊

大約在參與行動的第十天，就生出了病倦，因為許多天以來，並沒有好好地睡過一場覺，也沒有好好地吃過一頓飯，當然也沒有好好地寫過一段小說，每天都有太多思慮，錯過了母親的來電又遲遲沒有撥回去，遷居在即卻遲遲什麼都沒收拾（唯一感到安慰的是現場是個能安心閱讀的地方）。那種緊繃的狀態令人容易感覺受害，容易憤怒和難過。為什麼懷著那麼深的恨意呢？讀到激烈指摘、爭執和各種暴力的消息，就會想到，這一切原是因為不同立場的人都深切地愛著這個地方，只是在許多情況下，太深的愛都會走向令人懼怕的方向。

我原是希望可以好好地聆聽一個跟我立場相左的人的處境，但很可能，我並沒有那麼強壯。

＊　＊　＊

她說，有人把你在臉書上的句子搬到自己的臉書上去，當作是自己的。我想我有一點在意，卻在努力地練習不在意。

是一個這樣的練習，把自己所擁有的一切，包括自己，平均地切碎，撒在荒野裡，讓各種動物啄食，讓泥土吸收，這大概就是一種放下。人生兜兜轉轉地也不過在學習各種死亡而已。

二〇一四年十月二十三日（星期四）　下午

長途跋涉到達貓的房子，或許只是為了把地板拭抹得可以讓貓舒適地躺在上面，然後才是摸摸貓被脂肪充滿的身體。

藍莓跟我保持距離，當我以為雙方已不再親近，專注做某件事情，一回頭，卻發現她不動聲息地伏在我腳邊。以前，她並不是如此內斂，也並非如此心事重重，或許是我們疏遠了的緣故，也有可能她已長大。貓會等待食物，但從不認為誰是她們的主人。有時候，我希望從貓身上學會，在自由愈來愈少的情況下，如何可以長大成自己的主人。

擦地板時，藍莓伏在一旁監視，偶爾，我抬起頭對她說：「你最聰明，最美麗，我最喜歡你。」這些話，從前我每天都對她起碼說十遍。大概太久沒聽過這種話，貓瞪著圓大的眼睛呆怔了，耳朵不斷輕微聳動，在靜默中慢慢融化。

我希望貓不斷長大，長得比我更大，直至到達一棵矮樹的高度，讓我可以躺在她的肚腹乘涼。

二〇一四年十月二十三日（星期四）

那個黃昏，電腦屏在直播學生和官員的對話。穿著西裝的官員慢條斯理地說了一番並不容易理解的話以後，穿黑衣的長髮女生歸納了他的要點後說：「政府有能力為我們爭取更合理的方案，而不是考慮人大在第五步會落閘，而

先在第二步自斷雙臂。」(大意)

於是就想到《平凡的邪惡》中所記述的那一段,關於在納粹時期,一萬五千名猶太人被送往集體處決時,為何不群起對抗那幾百個警衛。

「當時阿姆斯特丹舊猶太人區的猶太人,壯起膽子反抗一個德國警察支隊,德警為了報復,逮捕四百三十名猶太人,並將其凌虐致死,地點一開始是在貝希特斯加登集中營,後來在奧地利毛特豪森集中營,幾個月內有上千人死亡,每個人都會羨慕奧茲維辛集中營,甚至是里加、明庫克集中營的同胞,因為對他們得面對許多比死更可怕的事,而納粹親衛隊則負責讓他們最深層的恐懼成真,從這個角度來說,刻意在法庭上講述猶太人立場的故事似乎有點扭曲事實,甚至是猶太人的事實。華沙猶太人區起義以及其他反擊的例子,起因就是他們拒絕束手就死,拒絕被槍殺,或進入毒氣室,此時在耶路撒冷親眼見證過這些抵抗與叛亂,這『佔據大屠殺一小角』的證人,再度證實,只有很年輕的猶太人才敢於『決定我們絕不能去像羔羊般任人宰割』。」——《平凡的邪惡》

漢娜・鄂蘭，頁二十四至二十五。

直至目前，這裡並沒有誰的生命被扼殺，但在龐大的勢力前，人們因心裡恐懼而選擇歸順，像動物般的直接反應，即使時間過去了多久，還是非常近似。實在，在納粹時期，參與協助實際屠殺過程的，就是猶太人，因為他們認為這樣做可以「避免更嚴重的後果」以及使自己「免於受到立即喪命的危險」。

猶太人作為只有民族和文化而沒有自己的國家及領土的群體，其脆弱和無所依附，總是令我感到非常熟悉。有人會提出這樣的問題：「中央並不會輕易給你們普選的權利，你們這樣爭取又是為了什麼？」這個問題就好像，人總有一天會死去，那現在我們每天努力過活又是為了什麼？其實只是為了每一個當下，人活著賴以尊嚴和希望，一旦被恐懼所掌控，就會慢慢失掉人性中某個具有光的面向。

所以，我並不認為那五個鐵著臉，以平板的聲線重複著已經一再申述的論點的官員，失去了良心，他們只是過於老練的人，經歷過許多失望和挫折，像當年絕望的猶太人，認為既然難逃一死，就不如聽從擺佈，心裡可能還存有僥倖的想法，認為即使要犧牲了某部分的人，或許還能保存另一部分的人，至少是他們自己，而沒有想到，作為一個群族，人和人之間無法避免互相連繫，被毀滅的將是整體。

人和人之間無法避免互相連繫，就是這一段日子以來，最深刻的感受，以及非常疲累的原因。因此，那天看到守在街上的人被打至頭破血流、脖子被執法者的膝蓋壓在地上的照片，以及七個執法者毆打一個抗爭者的片段，才會感到非常傷心，並不是因為，那些淌血的傷口，並不只在被打者的身體上造成了傷害，還是因為，城市裡某種經過許多制度和時間所建立的不明文的信任感，已被撕碎，人們無法肯定，走在街上，會否因為自己的政治取向，而被警方突然截查、拿出警棍襲擊，甚至帶走調查或拘捕，素未謀面的陌生人，會不會突然惡言相向，或做出任何更可怕的事。

在這種氣氛下，人難免感到格外虛弱，而不免會想，只要更順從，就可免於各種可能出現的凶險。所以，要是有人看到抗爭者被毆的照片，而覺得他們咎由自取，也是可以明白，因為必須非常堅強，才能具有勇氣看清楚自己身處在一個怎樣環境之中，而現實從來不是客觀，它更大程度是一種意願的投射。猶太人被屠殺之後一段很長的時間，許多德國人，甚至倖存的猶太人，都選擇否認這樣的事情曾經出現，並不是欠缺人證或物證，而是，要一邊承認人類曾經姑息、縱容或無視這種大規模的滅絕，又一邊安穩過活，就要忍受難以想像的痛苦，而人本來就會逃避痛苦。

是否可以這樣解讀，我也不知道，只是試圖找出不同的方法，理解跟自己想法南轅北轍的人。分裂使人趨向軟弱，軟弱帶來恐懼，恐懼會使人做出極端的事情，不是非常怯懦就是靠向暴力和憤怒，而以怒氣作為中心的行動，就帶來相同能量的結果，這並非初衷。

這原來就是一場不可能的行動，每個過程都是結果本身。知行合一裡的

「知」，指的除了行為背後的理念，也是每一刻的覺知，就像每一刻都要找到自己的重心，而不輕易被風般的無明帶走。所以，行動才會如此困難而且難得。

察覺這裡每個人都是整體的一部分，所以並不存在「敵人」，要是把所有對立的人以「敵人」相待，不久，四周每個人都有可能成為「敵人」。只有連結才有出路。

對我來說，這是非常艱深的課題。

十月

十月一日——「國殤遊行」，其間，在荃灣大河道，警員以真槍實彈近距離射擊一名示威者，其為就讀中五的十八歲學生，胸口中槍，一度命危。警方把「國殤遊行」定性為暴動。

十月四日——林鄭月娥宣佈引用《緊急法》訂定《禁蒙面法》，該法令禁止民眾在集會或任何公共場合蒙面，但，此法例不適用於警方。

十月五日——《禁蒙面法》引致民間發起多區快閃抗議和堵路活動。

十月六日——港島和九龍發起大遊行。在深水埗區，一輛計程車司機衝進路邊的遊行隊伍，撞向三名女子，其中一人因而雙腿骨折。

十月十日——香港中文大學舉辦公開對話會，吳同學訴說在警署遭警方性暴力對待，拍打胸部，同時脫去口罩說出自己的名字，希望校長與抗爭學生同行，出聲明譴責警方濫暴。段崇智校長終在同月十八日發出聲明譴責警方暴力。

十月十一日——香港蘋果日報刊登在九月二十二日發現的女性全裸浮屍，身份為十五歲游泳健將女生陳彥霖，其死亡充滿疑點，但警方列作自殺案處理，外界懷疑陳是被自殺。

十月十四日——民間發起「香港人權與民主法案集氣大會」，於中環遮打花園舉行。陳彥霖生前就讀的香港知專學院學生於學校靜坐，要求校方交出陳失蹤當天在校園出現的閉路電視片段。

十月十六日——美國眾議院正式通過《香港人權及民主法案》。民間人權陣線召集人岑子杰二度遇襲，受傷送院。兇手在逃。

十月二十日——民間人權陣線發起「九龍大遊行」，抗議陳彥霖案件、岑子杰遇襲以及懷疑新屋嶺和警署出現一連串性侵和性暴力事件。警方出動水炮車，在並無示威者的情況下，把位於尖沙咀的清真寺染成藍色，誤中信徒和市民。

十月二十三日——觸發港府修訂《逃犯條例》的關鍵人物陳同佳出獄。

十月三十一日——香港律政司司長向高等法院申請臨時禁制令，禁止民眾在網上（包括連登和 telegram）發佈任何威脅使用暴力及破壞財物等言論，獲高院頒下臨時禁制令。同日晚上，民間發起「全民面具日」，在萬聖節戴上各式面具，從維園遊行至蘭桂坊。

家的意思原來是，自己的皮肉，和土地連接，通向住在同一片土地之上的朋友，或素未謀面者，同路的或對立的。分裂會帶來痛苦，連結亦然。目睹別人受傷，自己的身體也感應到那樣的傷害。這就是這三個多月以來，這裡的人陷入了煎熬之中的原因。

十月一日（星期二）

在雜亂、不安和恐懼的情緒中，挑出相對平靜的部份，就出了門。不知為何，今早跳過了每天的晨間打坐，完成其他功課和工作，給貓充足的食物和水，就出去。把個人資料交給可以信賴的人，以免成為日後的浮屍。回到家才想起，下次也要告訴某個有我家門匙的人，若我消失了，要替我照顧白果。

樓下的兩家茶餐廳，都貼出了告示，今天只營業至下午三時。服務員非常緊張，不斷討論外面的狀況，這個城市其實已像陷於內戰。手機內的巴士程式顯示，大部份的巴士都停駛了，可是仍看見零星的巴士經過，等了很久才有一輛靠站，車內只有很少乘客。人們害怕，其實我也有點害怕，只是還沒有到非常害怕。

路上的人很少，大部份店子都關了門。寂靜的香港，只是在牆壁上，全是油漆噴成的憤怒的字。許多人把自己藏在家裡，而牆壁在咆吼。巴士駛至西隧，路上一輛黑色的私家車被警察截停，他們帶走了穿黑衣的司機。那時候我們不肯定，警察會否跑上巴士截查我們，坐在前面的女生，從背包中拿出粉紅色的外衣，套在黑衣上。我脫下黑色帽子，準備著。但巴士離開了，沒有人上來。

直至我下了車，走進撐起了傘的人群裡，才感到一點點安全。

每一天，城市也好像變得更陌生了一點，但我知道，這是因為它藏在繁華表相下的真實又被揭破了一點點。今天，花了許多時間，輾轉才從港島回到家。因為，地鐵停駛了，巴士也停駛了。在中環上了一輛地鐵列車，車子駛離尖沙咀後，廣播才宣佈，這輛由中環前往荃灣線的列車，將不停油麻地至深水埗，乘客笑著罵。到了長沙灣，乘客紛紛下車，那時，站內只剩下唯一一個出口，當我們差不多走到出口時，發現閘門正在關上，可是，站內仍有許多乘客。人們終於按捺不住，向著站在閘門旁的職員怒罵：「你怎麼可以關閘！還有這麼多乘客未及離開！你要禁錮我們嗎？」感謝那些怒罵的人，職員才重新開閘。到了地面，大部份巴士都停駛了。只有等車的人，沒有車子。一個擁擠而徬徨的異常城市。好不容易上了一輛往屯門的車子，在不知名的地方下了車，那時候，輕鐵也宣佈全線停駛。走了很遠的路，累極了，大概一小時後，進入一家茶餐廳吃一碗河粉。餐廳內正在播放有線新聞。新聞報導，警察開了實彈，射向一名唸中五的少年心臟位置。他被送進了醫院，危殆。

他應該，還未成年，還只是個孩子。

不知為何，我覺得他必定會康復，成為更強壯的人。

回到家裡，坐下來，觀想少年胸口的傷勢已痊癒，去球場打球的畫面。他會好起來的。必須如此相信。

十月二日（星期三）

執法者再次射爆兩個人的眼球，彈殼卡在其中一名傷者的眼睛，而他們阻止急救員為傷者急救。

他們惱恨別人的眼睛，或許因為害怕看到自己在他人眼中的影像，因為他們已活出了人性中最幽暗的面向。他們痛恨記者，因為記者有鏡頭。鏡頭和眼睛都有洞悉和記錄的功能。

然而，即使他們的裝備如何精良，配槍如何充足，也沒法射穿世上所有的眼睛。當他們射爆一顆眼球，就會激活那些原本漠不關心的、渙散的、缺乏焦點的和心不在焉的眼睛。不同的人的眼睛，都能互相感應和連結。這些眼睛在目擊他人的眼球被射傷了之後，不是在瞬間充滿了憤怒的紅絲，就是充滿驚訝、淚水、悲傷和絕望，全都緊盯著他們不放。當他們射爆一個人的眼球，就會惹來千萬顆眼球的注視。不止是本地的眼睛，還有遠在外國的眼睛，不止是這一代的眼睛，還有下一代的眼睛。眼球的神經連著大腦，大腦的神經和血管，輾轉通向心。見證過不義和殘暴之後，有些眼睛的視線會比之前更開濶了一點，有些眼睛則因為劇痛而持續緊閉沒法張開，有些眼睛因為流淚太多而令視野變得模糊。被欺壓的人唯一必須要做的事情，或許只是，勇敢地睜開眼睛。只有張開眼睛，才能從惡夢中醒來。

執法者射穿了別人的眼球之後，更多的眼睛不但充斥在他們現實中的四周，也會密密麻麻地佈滿他們的夢，直至他們願意從一個持槍的夢裡醒來。

十月三日（星期四）

事隔多年，我曾經以為，Y依舊是在陰暗青春期裡，從裂縫透進來的一絲光。回憶有時是一個密封的瓶子，並非完全真空，藏在瓶子裡的東西還是會隨著時間受潮腐壞。

大部份的時候，我忘記了時間把所有人和事物一點一點地改變。多年不見，我怎麼會以為，Y仍然是多年前那個，在保守的中學裡，開一門獨特的課的老師，教授社會學理論的同時，關心課室裡每個人的特質，多於成績表所反映的分數？我怎麼會在有意或無意之間忽略了，其實，我從不曾真正透徹地理解他？即使我和Y曾經每天寫信給對方，透過文字交換想法和經驗。難道我真的不知道，文字所映的只是一個人非常片面的部份？或許，我只是在生命裡某個絕望的、初次認識到權威對個人帶來切實的壓迫的階段，遇上了Y，而他看來是個善意柔軟的人，因此，多年以來，我一直把拯救者的幻象，擅自投射在Y之上，並以這個幻象，來作為關係的主軸。畢竟，建構關係的主要部份，一半來自真實的共處，另一半來自對彼此的想像。

三個多月前，城市裡的抗爭開始的時候，在催淚彈橫飛的現場響起了Sing Hallelujah to the Lord的歌聲，而我心裡非常慌亂的時候，總是想到，不知道已移居異地多年的Y，看到這種景況，會抱持什麼觀點。我一直自以為是地認為，他必定會站在弱勢的雞蛋的一方。我理所當然而又理直氣壯地以為，根據他曾在課室裡教我們，社會裡的權力架構如何形成，人是如何不自覺地順從社會裡不明文的規範而失去個體的特質，他必定會跟我有著相近的感受和想法。基於一種不會輕易打擾別人的禮貌，我從來沒有查詢過他的看法或意見。直至，某天，突然收到他從遠方傳來的訊息，引述《聖經》裡的文字，勸誡我要注意邪惡的力量。邪惡的力量在哪裡？個多月之後，隨著局勢不斷升溫和緊張，他傳給我影片和訊息，告訴我，執法者在這三個月以來，日夜當值，沒有休假，必須為他們禱告，而組成人鏈的人已被惡靈充滿。那時候，我才清楚地知道他的想法。他仍然站在弱勢的一方，只是，對他來說，弱勢的是持槍的執法者。

我們經過了簡單而無效的討論，然後，他把我從訊息盒裡封鎖。令我真正感到驚訝的，並不是他有著我從不認識的一面，也不是他詮譯和理解當下處境的方式跟我的南轅北轍，而是，原來人和人之間的關係，即使是那些被我們所珍視的關係，也遠比我們所想像的脆弱而不堪一擊。我和Y已經有多年不曾相見，只有偶爾互通水過鴨背的訊息。我離開了學校至今，時間和經歷，已使我變成了另一個人，而我多年來故意忽視，他離開了學校和香港之後，也長成了另一個模樣。那些我認為珍貴的關係，其實在多年以來，我並沒有真正澆水和施肥，也沒有除蟲和翻土，如果關係的植物在多事之夏死去，根本是一個順利成章的結果。這甚至說不上是撕裂，只是關係在嚴苛的環境下，遭遇汰弱留強。

如果心裡有所愛，就必然有所恨，社會狀況並沒有讓人與人割裂，只是，我們都活得比以往任何一刻更認真，才不由自主地作了一場關係斷捨離。那些在生命裡不再適合的、不再需要的或早已外強中乾的，都會自然剝落，就像新陳代謝那樣，如此，才會有新的空間，容納更適切的新人和新事。

我感到悲傷，同時又感到，更靠近真實而得來的一點輕省。

十月四日（星期五）

文明與荒蠻的其中一道界線是，我們如何對待別人的身體。法律以及不明文的社會規範，賦與了人們保護自己和他人身體的權利。在現代社會，打鬥是孩子之間的玩意。當人仍處於未完全社會化的時期，快樂和親密時便和人擁抱，憤怒得難以自控時便和人扭打作一團。直至人終於長大，踏進了君子動口不動手的時期，人和人之間有了井然的秩序，這種秩序令人可以享有安全感。可是在這三個多月以來，在抗爭的現場，文明和野蠻之間的界線卻愈來愈模糊。最初，執法者遠距離地向示威者噴胡椒水和催淚彈，然後，用槍瞄準了他們的身體，把子彈射向他們的頭部。接著，圍毆已被制服的人，扯碎捕捉到的女生的上衣，讓她只穿內衣坐在街上。報導中的照片，拍下了無比荒誕的一幕，執法者把活捉到的人當作一張活動桌子，要他九十度彎曲身子作為他們固定持槍的手的桌面。這令我想到文革時期，紅衛兵在批鬥地主時，地主被剃陰陽頭，跪在玻璃上，被拖拉著遊街示眾。

施虐的執法者，看似站在高高在上的位置，但他們的行為卻愈來愈像叢林裡的野獸，而受虐的抗爭者，為了一種高於自身的價值，被毆打和侮辱，一再逼向肉身崩潰的邊界，這時候，人的靈魂往往最有可能因為試煉而變得更強大。畢竟，世界的其中一個法則是，我們向他人所作的，最終都會回到自己的身上。

十月五日（星期六）

她說要建立一個對話的平台。對話會完結後，人們說她並沒有回應提問，可是，她其實透過不斷重複一套語言，一再扭曲字詞的定義，偷換概念，透過她身為特首所握有的話語權，把歪理硬塞過來。

她說不能成立獨立調查委員會，因為這裡得仰賴執法者維持治安，才能成為世界上最安全的城市之一。可是，這三個多月以來，人們只要睜開眼睛，都會目睹在示威的現場，執法者用槍和警棍對付人們恍如獵人狙擊獵物。多個國家對香港發出旅遊警示，提示國民前往這裡的風險。

她一再指出，抗爭者要先安靜，對話才能展開。然而，對話的意思是，溝通的雙方，站在平等的位置進行交流。如果談話的基礎，必須建立在其中一方閉上嘴巴之上，這並非對話，而是訓話。

如果說，在示威現場，執法者近距離射擊示威者的胸口，或用膝蓋壓著示威者的頸椎使其昏迷是一種明顯可見的暴力，身為特首的人，一直歪曲詞義和觀念，則是一種看不見的卻影響更深遠的暴力。

在她的語言裡，手無寸鐵的示威者身受重傷，因為他們要上街，而上街是一種暴力的表現；如果人們要求政府聆聽訴求和市民的聲音，他們就得先保持沉默。我想到在受虐的關係，當施虐的一方掌握了定義一切的權力，任何問題必定歸咎受虐者。只是，如果遇上了可怕的情人，可以隨時離開，但遇上了一個可怕的管治者，人無法輕易放棄自己的城市。

十月六日（星期日）

特首引用《緊急法》實施《禁蒙面法》的次天早上，街道上的路人寥寥可數，大部份的店子都關了門，地鐵停駛。那天，暑氣縈繞的初秋陽光正盛，市況卻比颱風來襲時更蕭瑟。我走進樓下的茶餐廳吃一碗麵，鄰桌的客人在討論應該乘搭哪一輛巴士到市中心去。當城市如常運作時，人們往往只是以鐵路的車站作為辨識自己所在的地標，當地鐵從日常生活中幾近消失，人們才如夢初醒地發現，原來前往一個目的地，可以有不同的選擇，要不，轉乘巴士或小巴，要不，用自己的雙腿一步一步地走出新的路。暴政引用法例，使城市陷入了例外狀況，這種失常的狀況卻使人們得以掙脫近乎痲木的習慣，重新感受生命原來的溫度。

巴士上，一位年長的女士向車長問路。車長叫她先上車。巴士行駛了很久，久得令人以為，車長已忘記了那女乘客，可是他在某站停車，轉過頭去，耐心地教她下車後如何走到另一個車站換乘另一輛車子。巴士到達總站，車長提醒乘客注意安全，要先看一下後面有沒有車才下去。

當生命一切順遂時，人們很容易認為一切理所當然，反而在艱難的處境之下，心底裡的慈悲才會冒現。

舊的世界已然消失了，新的世界還沒有來，人們恍如卡在一道長長的闇黑的隧道中，無法肯定前方還有什麼，然而，這其實是充滿最多可能性的時刻，當下的選擇和創造，決定了還未到來的未來是一個怎樣的世界。

十月七日（星期一）

《禁蒙面法》次天，大部份的提款機顯示提款功能暫停，我並沒有太大的訝異，只是問自己，我現在就需要使用這筆錢嗎？答案是：不！我只是為了讓自己的心安住而提款。當地鐵停駛，在車站等候的巴士久久不至，身旁的乘客說已經沒有車子時，我咬了咬牙，知道要徒步走路回家，心裡戰戰兢兢卻異常充實。可是，當超級市場裡的新鮮蔬菜幾乎被搶購一空，同時無法提取現金，我益發感到眼前的一切虛幻的雲霧終於散去，裸露出陌生而逼人的真實：金錢是什麼？當人失去了安穩生活的配件，鈔票無法取代可以果腹的食物，或變成令人安心的幸福感。正如，當城市已被管治者的惡意逐步催毀，即使擁有一個價值昂貴的房子，也無法獨善其身。

多年前，我辭去全職的工作，躲在別人的房子裡寫小說時，手頭拮据的恐懼曾經讓我感到腳下彷彿沒有立足之處。我曾經對當時最親近的人說：「身旁的人全都收入豐厚，只有我，如果把口袋裡的錢用作寄出稿件參加文學獎比賽的航空郵費，就沒法買午餐。」

「從另一個角度去想，」他說：「時間也是金錢。你可自由地分配自己的時間，使用這些時間創造不同的事物，這也是一種富足。」

當我因為感覺匱乏而渴望囤積金錢時，總會想到太宰治的小說裡，那些無賴的男主角，因為酗酒或放任，欠下巨大的債項，任由女伴為他善後。當我讀到《維榮之妻》裡的大谷，如何掠奪居酒屋老闆在新年前打算用作辦年貨的巨額鈔票後逃之夭夭，使妻子佐知為老闆打工以抵債，我便感到胸口的憤怒之浪在洶湧，而憤怒是恐慌的面具。其實佐知對大谷的不負責任，只有認命似的包容，包容丈夫對自己的任意剝奪。她的包容，固然因為在戰後糧食短缺，人們如螻蟻般掙扎求存，也是愛的責任。有些人以剝奪為愛人的方式，有些人則以忍受剝奪作為被愛的方法。我的憤怒則是因為，小說裡的大谷反映了，愛可能是讓人自願放棄安穩生存環境的陷阱。

太宰治的小說，總是讓我想到塔羅牌裡的「惡魔」，從正位去看，墮落、惡意、頹廢，被物質、權力和色慾駕馭了精神和理性，但把牌倒過來，則是透徹地看清並容納所有的黑暗面後，重新選擇一條自由的出路。

那天，城市裡多個無法提款的提款機、收銀處排著長長的人龍的超級市場、路人寥寥可數的街道，還有被催淚彈污染過的空氣，被血跡一次又一次染過的道路，都令我想起「惡魔」牌。我沒有領到錢，卻從不安回復自在，因為我把牌從逆位去看，看到這四個月以來，城市裡的人從多年來被薪金和樓價操控著的狀況，過渡至以提取現金、取消戶口和把積蓄轉成外匯等經濟手段，奪回原本屬於自己的權力。這裡大部份的人已看破了價格，再略過價格，重新看到人和事物的價值。

空蕩蕩的櫃員機說不定暗藏祝福。於是，我重新點算一遍家裡的食物，屬於貓的罐頭和乾糧，屬於我的擠滿了冰箱的蔬果，怎樣看也足夠一天的份量，而明天的煩惱就留給明天去擔當。

十月八日（星期二）

《禁蒙面法》生效之後，首次有人因為在街上戴口罩而被捕。戴口罩的風氣始自二〇〇三年沙士一役，人們的衛生常識提高之後。倡議立法的人說，人們必須裸露自己的臉，否則，那就是暴徒。於是，動用《緊急法》的人，又為無辜的口罩賦予了新的意義——使用口罩的人，要不是暴徒，要不就是特權份子。

人們無法從抗爭的現場退去，因為極權對於人們的干擾，使人無法安然活在自己的身體內。在這三個多月以來，人們的身軀一直被荷槍實彈的執法者、肆無忌憚的白衣人，或來歷不明者張狂地踐踏。透過直播的鏡頭，看著被棍毆的人、被槍傷的人、被非禮的女生、被壓在地上快要窒息的學生和被胡椒噴霧近距離襲擊的議員，我們愛莫能助。無數骨折者、幾顆無罪的眼球，還有不計其數的被人凌辱過的軀體，剩下來的人也不能倖免，失去了遮掩臉部的權利。

坐在特首位置上的人，一再說此城的法治被破壞。可是，在法治之下，人們必須遵守法律，否則會被制裁，或，即使守法也會被濫捕。以肉身撞向法律高牆後只會成為玉碎的人，無力破壞法紀。真正破壞這城市多年來法治根基的，是不計後果地立下惡法的人、執法不公的人、助紂為虐的旁觀者，以及拒絕思考的中立者。

這是一場強弱懸殊的戰役，幾乎架在頸上的刀子，一再對人們詰問：生而為人，你的基本權利是什麼？在尊嚴和安穩之間，你選擇什麼？

十月九日（星期三）

防暴警察闖進兩家大學校園拘捕學生的時候，我想，這時代還有沒有讓孩子安全而正常地成長的空間？

我想起了九十年代曾經出現在香港的一本潮流文化雜誌《Amoeba》。

Amoeba是拉丁語，中譯阿米巴變形蟲，一種單細胞原生動物，可以根據生存需要而改變體形而得名。回歸前十年是香港創意和文化的全盛時期，那是一個主流報章會連載嚴肅文學作品、流行雜誌會開闢文化和評論版面，報紙和刊物多元而繁茂的年代。雜誌以「Amoeba」為名，指的是這本既有尖端瘋狂的時裝美學元素，也有知性文字的雜誌會隨著時間和環境不斷蛻變，或許，也隱喻著這城市的生存狀態，無根、變動，充滿活力。那時候，人們常說「馬照跑、舞照跳」，一種因為看不見未來，只著眼當下的務實主義，或許因此，那個年代才會迸發出夕陽似的最後一抹金光。

如果九十年代是香港第一個阿米巴時期，那麼，經歷四個月反送中運動的現在，會不會再次進入另一個阿米巴階段？失去了蓬勃的經濟和完善的法治，體制殘暴的一面赤裸裸地呈現。對年輕人來說，混亂的街頭是更真實而嚴苛的課室、警察在街上隨意搜查和逮捕路人讓我們一同惡補基本人權保障範圍，而時常停駛的地鐵，讓人們不斷走路，是地理課和體育課。

如果動盪的社會狀況也會給人們禮物，那必然是阿米巴般源源不絕的生命力、適應力和進化能力。

十月十一日（星期五）

他們走進咖啡室。男生走在前面尋找座位，但空位子所餘無幾。他轉頭問她：「這裡可以嗎？」她點頭後，他們坐在我身旁。

男生打開餐版，女生要求：「幫我點餐。」他有點不知所措，只能問她，有沒有飲食的忌諱。她一邊滑手機一邊說：「你幫我選。」費了一翻功夫，他們終於決定了想要的餐點，男生出去買，女生吩咐他：「幫我問店員有沒有充電器可以借出。」

男生回到座位後，她說：「你的英語發音不錯，在哪裡唸書？」那時候，我才知道他們初次約會。他似乎打算向她敞開自己的歷史，包括在中學時期，遇到的那個充滿耐心和教育理念的外籍教師、他大學畢業後做過不同的工作，最後去了酒吧當調酒師，友人都對他的決定表示懷疑。但，女生關心的卻是他當上調酒師之前，每一份工作都是那麼短暫的原因。「為什麼常常辭職？」她皺著眉頭問。於是，他像個缺乏自信的學生那樣，囁嚅地對著老師解釋，並企圖顯示出，他並非欠缺意志力的人，而他現在的工作，也充滿挑戰性。女生沒有回答他，只是逕自點開了手機裡的留言訊息，然後對著語音系統向另一個不在場的朋友留言。

於是，男生徹底地沉默了。

我瞥了他一眼，他有一張俊秀而憂愁的臉。女生卻清楚地知道自己想要什麼，她需要的不止是一張臉，而是一副理想中的可靠伴侶的模樣，例如，懂得照顧女伴，擁有高尚的職業。模樣不止於臉容，還包括身份、身高、談吐、儀容、舉止、風度、財富、家庭背景，或許還有年齡、氣味、衣著、肩膀的寬度和手掌的厚度。臉是一扇門，可以拒絕或邀請他人由外界進入自己的靈魂，然而，模樣卻是在人肉市場中，進行交易時的籌碼。人們可以裝模作樣，但變更了臉容後，卻無法掩飾長留在臉上的神情，神情是臉的影子。

他們令我想起安部公房的《他人的臉》。男子在一次化學實驗中遭遇意外而毀容，除了戴著護眼罩的部分，全臉佈滿了水蛭般的瘢痕。失去了臉的人，就失去了身份，還有被臉面連繫著的人際關係。他為自己製作了一張仿真度甚高的人皮面具，每天都戴上，以此作為重回正常生活的入口。不久後，他卻發現，假面讓他在舊的自我之上，增生了一個新的自我。他忍不住戴著假面，扮演另一個人，勾搭自己的妻子。妻子輕易被他搭上，他高興又失望。直至二人在床上肉帛相見時，他感到自己分裂成了兩半，一半在擔憂妻子會因為他身體上的特徵而拆穿他的身份，另一半縮成很小的一顆，眼睜睜地看著妻子和另一個自己在偷情。他被背叛了，而情敵是他自己。次天醒來後，妻子已離去，只留下一封信。其實，妻子早就發現，眼前的人是戴著面具的丈夫，她願意投入他的遊戲是因為，她相信，愛會在彼此剝下面具的瞬間達至最高點，而為了所愛的人，就必須配戴面具，因為，真臉是相對於假臉的存在，如果沒有假臉，真臉就毫無意義。

然而，她後來才發現，丈夫已在假面和被毀的真臉之間，迷失了自我。他不但沒法通過假面尋回自我的身份，反而藉著假面去逃避自我消失的事實。當人的自我岌岌可危，眼前的妻子只能成為一面鏡子，他再也沒法看到真正的妻，正如他早已失去了自己那樣。

咖啡室內的男生在邀請女生進入他的臉，臉有許多層，或許，他希望引導她逐層搜索，在任何一層停留或歇息一段更長的時間，如果他們互相愛上，她甚至可以一輩子在他的臉之內迷路。可是，女生沒有走向他的臉面之門，她把視線投向另一端。

他們在靜默下吃完了晚餐，便站起來到隔壁的戲院看電影。我看到女生穿著淺紫色縷花連衣裙的背影，那背影帶著一種摻雜著灑脫的失落。

十月十三日（星期日）

在中文大學對話會上，勇敢地以真實身份發出證言的女學生，敘述了一段被捕的經歷，包括在一個黑暗的房間裡，執法者對他們所行使的性暴力。女生要求坐在台上的校長，可以跟他們同行，作出譴責警察濫用暴力的聲明。最初，校長只願意譴責所有過度暴力的人。那時候，台上和台下，成年人和年輕人，像河的兩岸，呈現出一種無法彼此過渡的分裂。

年輕的女生述說可怕的遭遇時，顫抖著聲音流淚。台上的成年人，密不透風的冷靜面容則收藏著所有表情。在那裡，女生成了在抗爭現場的年輕人典型——無畏無懼的，為了高於自身價值的理念，跑到危險的抗爭現場，經歷被捕後的死蔭幽谷，冒著被算帳和報復的危險，向眾人揭露受害者遭遇的不公義；而坐在台上的人則表現出典型成年人的模樣——必須以適量的口不對心、虛偽和冷漠，以保持在旁觀他人的痛苦時無動於中，才能在成長中適應各種事與願違，順利地長成一副成人的模樣。年輕人和成年人的分野，並非取決於年齡、身份和地位，而是在每一個當下所展現的面貌。

對話會結束後的閉門會議內，成年人脫下面具流下眼淚。站在河的兩端的人，各自確認了身上的年輕和成年的部份，或，光明和幽暗的部份，重新融合成了一體。看來戲劇化的和解，其實只是釋出善意。治癒生病的城市，所需要的奇蹟，也只是當權者的善意罷了。

十月十五日（星期二）

撕裂會帶來痛苦，連結亦然。原來，家是一個非常沉重的字眼。這四個月，日子成了舊式日曆，一天是一頁，每一頁都比上一頁更殘忍。有時候，我會懷疑，心臟是否有足夠的空間容納這些滿是傷口的日子，但死去的人愈來愈多，他們急欲說話的屍體被迅速消滅，倖存的人除了要承擔自己的命運，似乎還要代替他們活下去。

她只有十五歲，屍身被迫赤裸，飄浮在海上。劊子手不止為了奪去一個人的生命，也是為了帶來恐懼和內疚，讓成人為了無法保護孩子而內疚。這裡一直以來都是轉口港，憑著頻繁的貿易成為國際商業城市。曾經以水深寬濶而聞名的海，從此，令人記住的再也不是為了招徠遊客而航行的假帆船，或每夜照耀海面的人造彩光，而是一再出現的神秘浮屍。這些失去生命的身體，一直說出許多證言，無法呈上法庭，卻印在許多人的腦海，將會成為無法磨滅的歷史。

政權在嘲諷，你們要成為水嗎，那我把你們拋到海裡去。政權害怕海，因為每個海都由許多滴水形成，海能化為浪，甚至海嘯。於是，他們竭力把海瓦解成孤立的水，讓人以為自己只能是一滴虛怯而容易蒸發的水。連結有時會令人受傷，卻終會令每個人都更強大而成了勢不可擋的大海。

被拋進海裡去的人不能復生，卻會以另一種方式回到世上，例如成為這個城市的海面上異常擠迫的影子，成了一種永恒的存在。

十月十六日（星期三）

法蘭克福已進入秋天。為了參加一個書展的座談，經過十二小時的航程後，抵達目的地是上午六時半，幽藍的天空慢慢滲進橙紅色的日光，那是一天的開端時全新的天空。在早晨的異地散步，在寂靜街道的兩旁，線條簡約的建築物是住宅，幾乎每戶都有寬敞的陽台。他們在陽台擺放桌椅，在那裡吃早餐；他們在陽台放置修剪成特色形狀的盤栽，或種植巨大的玫瑰，那種玫瑰像一張貓臉；他們把陽台保持在一種空蕩蕩的狀態，使之成為展示日常風景的舞台。

這世上，只有為數很少的人可以擁有陽台。陽台不止取決於屋子的面積，也在於居住其中的人心裡有沒有餘裕包納一個處於私密與公共之間的曖昧地帶。無論人們在陽台發呆、接吻、吵架或晾曬衣服，都得懷著被窺探的準備。陽台和室內，起碼被一扇門阻隔，屋內是被牆壁和窗戶安全地框住了的氣味和影子，而陽台卻無法避免每天堆疊的來自四方八面的灰塵、樓上鄰居掉下來的垃圾、附近大樹飄落的葉子，甚至，陌生的鳥的排泄物，或，鄰居好奇的貓。

那麼，旅行會否就是一種「陽台狀態」的冒險？離開了熟悉的居住地，可是，因為知道身後的家仍在，所以可以一往無前地欣賞外面的風光。然後，我忽然明白，為何在香港，附設陽台的房子總是屬於少數，因為，家早已慢慢地瓦解。陽台是家的延伸物。陽台的沒落，是家的消逝的先兆。

十月二十日（星期日）

法蘭克福書展的座談會完結後，她走上前對我說：「你要把香港經歷的事寫進小說裡。」她來自南韓，定居德國，是大會的傳譯員。

「在抗爭開始之後一段很長的時期，德國的電視上幾乎每天都在報導反修例的事件以及香港人在其中展現的各種面貌。」她說：「可是，最近都幾乎沒有任何消息。」或，被其他國家的新聞蓋過了，畢竟，極權和恃強凌弱，本來就是地球上每一刻都在發生的事。

我告訴她，暴力的浪幾乎成了海嘯，各種針對示威者的性侵和虐待，甚至被警方稱為沒有可疑的離奇死亡事件，頻繁地出現。她說，這和南韓在八十年代的狀況何其相似，這也是她一直想要追蹤香港狀況的原因。南韓經過公民抗命後，比以往更強，而香港的未來卻仍是個未知之數。

當我揹著自己的城市到外地分享，迎面而來的陌生人，和我交談時都不免會問候我背上的城市，而這些問候，有一種是無關痛癢的，就像在談論天氣的漫不經心；有一種是對抗爭者不以為然，但為了保持禮貌，把教訓和否定鎖在嘴巴裡。最後一種則是結結實實的關切，因為他們的國家也經歷過相仿的命運，就像接通了神經和血管那樣心照不宣地感應到痛苦。

離開會場後，碰到居德的庫爾德族人抗議土耳其入侵的遊行。生命是什麼，寫作是什麼，兩者都只是碎片，不過是宇宙恆河裡的一顆微塵，勉力在碰撞時企圖發出一點光芒。

十月二十一日（星期一）

我對自己感到陌生，像藏在真皮底下一層陌生的真臉顯露出來，例如，在座談會發言時，不顧會否佔用過多時間或其他與會者的想法，就把預先準備的關於香港現況的講稿一一唸出，如果，座談的內容跟城市無關，只談個人的寫作，很可能，我會把自己妥善收藏，畢竟，作者最好隱身在作品之後。

座談會結束後，前來訪問的記者來自中國大陸，卻已定居德國，她說，在一個資訊自由的國度活久了，就再無法回到牆內的世界去。「我們對於香港人最近的表現很驚訝，那不是我們一直以為的唯利是圖的香港人。」她說。我回答她：「事情發生之前，沒有人想到香港人為了捍衛權利會如此不顧一切。」

正如，現在，在德國碰到的人全都可以清楚地辨別香港人和中國人。參觀猶太人墳場時，護衛員看到我的護照便問及香港的近況。他說：「繼續爭取，不放棄，最後就會得到你們想要的民主自由。」我想說，事情並沒有那麼容易，但轉念一想，人的自我覺醒，往往就在生命充滿希望，或絕望得看不到半點光明的時候；無條件的愛突然湧現，或感到痛不欲生的時候；生命剛剛展開，或即將結束的時候。當人處於極端的狀況，身體深處就會冒現一個在危急關頭才會現身的自己，因此，這也是最好和最壞的時刻。「別輕易以眼前的狀況去判斷什麼。」我這樣告誡自己。因為，人的智慧還不足以看透生命和歷史運行的軌跡。

十月二十三日（星期三）

在法蘭克福的最後一夜，恐慌突然來襲。我強烈地感到自己無法順利地到達機場。

我想起，法蘭克福書展的座談後，前來訪問的記者是中國女生，她體貼地說：「我可以不寫任何關於抗爭的事。」我在心裡疑惑，便告訴她，我前來參加座談和接受訪問的原因，就是為了告訴外面的人，香港的狀況。她卻以一種過來人的老練姿態勸說：「把說過的話留在網上，可以被追尋，跟你在座談會中的演講並不相同。」於是我想，我應該因為害怕而謹慎嗎？

後來，我終於把自己帶進機艙。坐在身旁的是一位美麗親切的德國女生，閒談時提及香港的狀況。「本來，我該在上周出發，可是中國領使館一直拒絕發出簽證。」她聳著肩說，不得不取消機票，把行程縮短和延後。「我猜想，是因為我的公司有出版的業務，即使我的工作根本跟傳媒無關。」她說，為了提防竊聽和監控，她和在香港經營公司同時又跟內地有生意往來的男友透過通訊軟件對話時，不會談及任何抗爭狀況。

我為什麼沒有因為害怕而變得像她們一般聰明地警覺？我發現，當恐懼無處不在，人就難以一一檢視恐懼的原因，但，也只有在每一個恐懼而選擇繼續前進的時刻，才能發現摻雜在恐懼之中的勇氣，並實踐這種勇氣，以等待下一次恐慌的襲擊來臨時，腳步能站得更穩靠一點，即使只是一點，也可以把自我的力量擴張以連結他人，世界才得以更新。

十月二十五日（星期五）

為期五天的法蘭克福書展，首三天為業界人士而設，最後兩天是周末，開放給公眾人士。

那是一個陰天，雖然票價昂貴，排隊進場的人卻把會場的入口擠得水泄不通。從遠處去看，那不像一個書展，更像一個嘉年華會。隊伍很長，但置身其中的人並不急躁，其中一部份的人陶醉在自己的Cosplay遊戲之中。他們把自己裝扮成粉紅色長髮的女僕、黑色嘴巴跨越了半張臉的小丑、披著長袍的王帝、持杖的魔鬼、全身黑衣戴著黑色頭盔的勇武的人……穿著戲服的人沉浸在扮演的愉悅之中，而穿著日常便服的觀眾則津津有味地觀賞著別人的演出，偶爾拿出手機把奇裝者攝入自己的鏡頭之內。我注視著他們每一個人的臉，有好一陣子無法明白他們為何如此雀躍，直至某一刻，我突然了悟，他們的歡樂來自洞悉自己的喬裝。不管他們在喬裝哪一個角色，或扮相酷似與否，當中的快樂是脫離了日常生活裡的自己，進入另一個虛構的角色，又因為每個人都知道這是一場扮演，喬裝者置身於每一個角色和每一種假的面相的空隙之間，並在這些虛隙裡瞥見自我的實相。我忽然發現，抵達了法蘭克福的好幾天以來，一直為了預備座談會而惴惴不安，這樣的緊繃原是因為，我忘記了，每個人其實都在喬裝。為了進入社會的體系，得到認同和接納，人就無法避免喬裝的戲碼。我花了差不多四分之三的人生，喬裝成一個寫作的人，然後又帶著這個身份，從一個城市，渡過十二小時的航程，到達另一個城市，以作家的角色，坐在座談會台上；同時，又花了差不多整個人生，喬裝成一個女人，一個成人，甚至，一個人。社會化的過程，就是人通過喬裝，忘記自己正在喬裝，完全進入角色，並且對角色的一切，這個由角色所牽引的幻像，過份投入，信以為真，無邊的苦惱因此而生。

離開法蘭克福的時候，在機場過關檢查，不知道因為我戴著晶石手鏈，還是因為手表的金屬引起機器的懷疑，海關人員把我帶到一旁，以戴上薄薄白色手套的手，在我身上隨意摸索，掀起我的裙子，把手伸進我的裙子內，隔著衣服摸遍身上所有不可碰觸的部位，海關人員臉上那個不知是硬裝出來的友善還是輕蔑的笑容，使我在過關之後很長的一段時間都感到受辱。在回程的飛機上，我細想這種屈辱的源頭，海關人員一旦脫下制服，成了德國其中一名普通市民，我們之間根本不會有任何交集，但海關人員的身份賦與了他搜身和拘留別人的權利，然而，如何使用和行使這種權利，每一個細微的時刻都在考驗他們在海關人員這身份以外的人性的部份。他們的摸索之所以觸動我的神經，或許，不是因為我個人的經驗，而是，那些在這幾個月以來，在新屋嶺或不同的警署中遭受性暴力，甚至性侵的人，因為我們活在同一片土地，暴虐的經驗像催淚彈殘餘份子，留在所有人的身心之中。

穿著制服的執法著帶著配槍、手銬和職位賦予的權威，然而，執法者終究只是一個角色而已。角色扮演的微妙處在於，以假修真，當人迷失在自己的角色之中，被角色完全牽制而忘記了自己是誰，便很容易被人性裡卑劣幽暗的一面完全掩蓋，他們會生出一種暫時的錯覺，以為這是職責（角色）的需要，而忽略了喬裝的本質就是，角色只是一個空殼，一場終必落幕的戲，而透過假的角色，在善和惡之間作出抉擇和實踐，才是生命裡最切實的功課。畢竟，人生只有匆匆的數十年，不過是浩瀚宇宙裡的一瞬，死亡終將帶走所有名利、身份、成就和關係，但那些善意或惡意的痕跡卻會銘刻在靈魂的深處，在宇宙的某個角落，一直散發著濃稠的黑暗或閃亮的光芒。

十月二十六日（星期六）

在法蘭克福的最後一天，猛烈的偏頭痛發作。偏頭痛每次來襲，我都會想起《分成兩半的子爵》，可是行李箱內並沒有卡爾維諾的書，因此也無法再讀一遍。隨著偏頭痛而來的是原因不明的恐慌，沒有任何理由，我覺得自己無法抵達機場。我像另一個人那樣，和恐慌的自己保持距離，並安慰自己說，只要手機內有路癡恩物google map，世上就不會有無法到達的彼岸。雖然在機場過關時受了一點不愉快的嚴厲對待，但，在飛機上又遇到友善的人，還是順利回到家裡。

步出電梯，已聽到白果在號叫，他會辨認足音。把開打開，白果不滿地反肚倒地，那意思是：「你終於回來了嗎？我很高興，但也非常不高興，你知道嗎！」放下行李，便把家裡收拾一遍。白果一邊號叫一邊緊隨著我。叫聲很焦慮，急欲訴說許多事。我摸了他，但他仍然又憤怒又哀傷，號叫像哭泣。好不容易喝一杯水後坐下來，才發現貓的後頸有一個大血洞。離家後第三天，貓保姆已告訴我，貓長了一個肉瘡。但我不知道原來已變得如此嚴重。那是一個圓形的洞，丟了所有的毛，露出粉紅的肉，上面有小傷口，帶血。朋友說要立即看醫生了，但，貓最討厭外出，最後我還是決定，先安撫他的情緒。

抱著貓，對他說了許多話，感謝他在我離家時為我看家，讚賞他是個出色的管家，給他解釋，我有時也要出門，為了給他掙貓糧貓砂還有房租。但貓仍然在抱怨。熟悉貓的朋友叮囑我說，一定要跟貓道歉，貓是小器的動物。我覺得有點好笑，但還是認真地跟白果道歉了，他靜了下來，定睛看著我，像在說：「那麼，我會審慎地考慮原諒你。」

經過座談會、行程和長途機，我已疲累不堪，很早躺上床，白果也跟著上床，號叫著在我身上爬來爬去，我摸摸他但很快睡去。那一夜，白果不斷在哭，聲音沙啞了還在哭。貓沒有眼淚，但那些哀號，會令人知道他在痛哭。我不知道，他一個貓在家時發生了什麼事（應該是沒有什麼事發生過），只知道他不喜歡一個貓在家。他在夜裡不斷拍我肩頭又輕咬我叫醒我摸他，深夜，我睡去又醒來，然後驚訝地發現，和貓共處三年，我已學會了甘願。白果剛來時，毛色像一塊地布、剛失去眼睛的位置腫得像一個乒乓球、眼神兇悍，披毛髒亂，夜裡一整夜號叫，直至我不堪噪音坐起來，他才捲起身子睡去。那時候我會用枕頭丟他，罵他。現在，我已明白了，陪伴是不分晝夜的，就算在熟睡之中，我也會伸手摸他讓他安心。貓並不必是完美的貓，我也不必成為一個完美的人類朋友，即使千瘡百孔，我們還是能給對方最好的陪伴。現在，白果已是一頭毛色閃亮雪白，身形豐滿的俊朗貓咪。

「你為什麼把自己弄傷了？」深夜裡，我問白果。

「因為傷口藏在心裡很深的地方。」貓說：「我很想破壞我自己，正如我每天辛勤地清潔自己，都是本能。當你在家裡，我會勤奮地理毛，把自己弄得乾淨漂亮，但在身子的內部，還是有許多永遠不會痊癒的傷口。只有我一個貓在家裡，牆上的影子，我自己的影子，使心裡的傷口更明顯，只有在皮膚痛楚和流血時，心裡才會舒服一點。」

「那些傷口是什麼原因造成的？」我問貓。但貓拉長勃子，把頭擱在床單上，閉上眼睛，好像無法用語言去說明那樣。

次天，我一早出了門，採購食物和給貓的消炎藥。貓會自行選擇自己喜歡的藥物，例如，他可以接受含薰衣草花藥的天然純露，還有這一種消炎藥水。幾年前，他下巴發炎時，我曾經買過一種粉色的消毒藥水幫他塗上，但，他每次都迅速地逃到床下。幾個月前，新聞報出了那款粉色消毒水原來帶有毒性。

現在，要每天給他塗藥幾遍，一邊塗一邊說他是世上最聰明美麗的貓咪，傷口好像停止擴散。接下來，還要努力地處理傷口，包括看見或看不見的傷口。

十月二十八日（星期一）

照片上，那傷口在人體的皮膚表面硬化成了一種炭黑色，像奇異的金屬果子結在發紅的皮膚上。任何曾經和傷口長久共處的人都知道，看起來血肉模糊的傷口，其實有最大的機會可以完全癒合，而那些表面已堅硬成了盔甲一般，內裡卻在翻天覆地的發炎化膿，細菌不斷奔竄的傷口，因為藥物再也不容易滲透其中，所以只能一直惡化，難以得到療癒的機會。這傷口屬於無望的後者。

為了保護當事人的私隱，照片只是傷口的特寫，隱去了傷者的臉容，或其他可辨的身份特徵。

抗爭持續了四個多月的今天，身上帶著這傷口，卻不敢到醫院去的人不在少數。他們很可能只是個平凡的上班族，或仍在求學階段的年輕人，卻在街上被成份不明的催淚彈所傷，然後，難以痊癒的傷口便成了隱隱作痛的忌諱，為了避免被濫捕而不能求醫。於是，這個在照片上看來像機械組件那樣的傷口，就像一張滿腔委屈卻無法伸訴的被掩蓋的嘴巴，也像一副帶著腫瘤而且外強中乾的身體，更像現在的香港。這個表面上是國際都會，旅遊熱門區域的城市，其實早已人滿為患，貧富懸殊尤其嚴重，居住空間異常狹小，言論自由和民主漸漸被蠶食淨盡。當人們發現這一點，想要掀開覆蓋著城市傷口的硬殼，以放掉蓄聚多時的膿包，暢快地流淨污血時，處理城市傷口的人卻被當成暴徒來懲治，執法者在他們身上造成劇痛難當，難以復元的傷口。

十月二十九日（星期二）

當我看到那些變成黑灰色硬塊而內裡發炎腫脹的傷口，便感到，這多麼近乎一場戰爭，而且是一場毫無意義的，放任人們行使邪惡殘暴本性的內戰，沒有侵略者，只有對抗制度和被制度所利用的本是同根生的對立兩方。

在一場戰爭中，有些傷口明顯可見，有些傷口永遠難以磨滅，而有更多的傷口，永遠藏在底層。人們在這場戰爭中，要不，是受害者，要不，加害了別人，要不，在旁觀。有時候，人在不同的處境下，輪流擔演這三個角色。如果說，身上帶著變硬傷口的人，是濫發催淚彈下的受害者，那麼，透過照片目睹傷口的我，便成了旁觀者。我無法不感到內疚，因為中彈的人不是我，而我仍然擁有完好無傷的皮肉。造成那些傷口的人，雖然擁有執法者的身份，戴著面罩，穿著沒有編號的防護衣，沒有人目睹其真實的臉面，可是，他自己知道。一個人可能會快速忘記在別人目光之下所做的事，因為他人的目光一方面規管了他，另一方面又允許了他。可是，當他躲在保護裝備之內，去除個人身份，做了被法治所容許，卻又違背了人性和道德的事，除非他終其一生都可以滅絕自己的人性，否則，在以後的日子，他終於會在某天被內在的審判者逮到，而不得不面對自己嚴厲的烤問。

以往，人們總是說，這是個無根的城市。這個夏天，城市終於長出了根，由眾多傷口盤結而成的根部，成了我們共同的身份。

十月三十日（星期三）

某些柔軟的時刻，是在殘忍中滋長而出現的。在多月的抗爭中，在暴力和不義如雷雨傾瀉的日常中，陌生者之間的善意總是像雨中的陽光那樣，時而乍現。

當民陣召集人在街上遇襲送院後，曾有人揚言要修理南亞裔人的店子，因為傳言刀手是南亞裔人士，可是，隨即有更多人說，南亞裔人也是手足，也是香港人，不可切割。幾天後，清真寺被水炮車染藍，人們自發地為寺院清潔，不久，便有了重慶大廈導賞團的活動。於是，多年以來，涇渭分明的本地人和少數族裔有了一次真正的互相看見的機會。

資本主義社會把人形塑成追趕著機械化的生活而逐漸失去與自己和他人連結的生物。冷漠是所有暴力和歧視的深層原因。忙碌的生活使人甚至沒有時間和耐心細察自己，遑論注視與自己截然不同的他者。然而，這幾個月以來的猛烈動盪，卻撼動了這城市一切本來穩固的部份，當中有好的部份也有惡的部份。以往，不同種族的人欠缺共同的經驗和身份，但在這段日子以來，在承受著不公義和無數被欺壓而有冤無處訴的事件裡，人們的心卻有了軟化的機會，受苦至少是一個良機令人能學會溫柔相待。承受暴力，以及在暴力中自處和互助，成了不同種族的人的共同身份認同。所謂手足，就是可以同甘共苦之人的意思。

終於，重慶大廈在人們的生活裡鮮明地活了過來，再也不只是王家衛的電影名字和場景。

十一月

十一月二日——在銅鑼灣時代廣場，警方在沒有示威者的情況下，向一名急救員投擲兩枚催淚彈，造成其背部嚴重燒傷，一度休克。

十一月三日——市民發起在太古城中心內舉行人鏈活動，約百人參與，在商場內唱歌和叫口號。晚上，一名操普通話的灰衣男子，與人爭吵，襲擊抗議人士，當區區議員趙家賢更被他咬掉了耳朵的一部份。當夜十一時，將軍澳尚德廣場天橋，有人聚集，防暴警到場，向在場人士施放胡椒噴霧和發射催淚彈。就讀科技大學的青年周梓樂，懷疑從停車場三樓墮下至二樓，頭部重創昏迷。警方被指阻礙救護車到場救援周同學。

十一月八日——周梓樂留醫五天後終告不治。民眾在各區舉行悼念會，要求徹查周墮樓的原因。

十一月十一日——民間發起「黎明行動」和「大三罷」，號召示威者在清晨七時起癱瘓交通，暫停如常運作的城市。早上，西灣河一交通警向路過青年連開三槍，導致其中一名二十一歲男生重傷倒地。葵芳有交通警駕駛車子撞向人群，造成至少二人受傷。馬鞍山一名支持政府男子與示威者發生衝突，被淋易燃液體全身起火受傷送院。同日，大批防暴警試圖攻入中文大學，與學生對峙。

十一月十二日——香港中文大學的對峙加劇，警方施放大量催淚彈，逾百人受傷，全港多區亦有衝突。中文大學校友及支持學生的市民不斷進入大學支援。

十一月十三日——示威者多區堵路及抗議，地鐵東鐵線、觀塘線和荃灣線等一度全線停駛，巴士線則提供有限度服務。

十一月十四日——「三罷行動」進入第四天。教育局宣佈全港學校由此日至十七日停課。中文大學宣佈上學期由即日起結束，取消此學期餘下課堂。理工大學、浸會大學和恒生大學宣佈取消該周所有課堂。

十一月十五日——示威者陸續撤出中大校園。

十一月十六日——中大事件後，香港理工大學學生亦在校內築起防禦工程，有示威者及聲援者到場，與警方對峙。

十一月十七日——理大校園警民對峙激化，警方圍封校園，不許任何人進出，離開校園者即進行拘捕。示威者數次嘗試突圍離開，與警方爆發衝突後負傷返回校園。同日，警方驅趕所有記者及救護員離開校園。

十一月十八日——立法會議員以及大批中學校長，與警方達成協議，十八歲以下留在理工大學校園學生，離開校園時不會遭逮捕，但須記下名字以及身份證號碼，保留追究權利。校長們帶走至少一百名學生。撤離學生中有人受傷。警方把此次事件定性「暴亂」，揚言所有留守者都會被控「暴動罪」。同日，高等法院裁定《緊急法》賦予特首會同行政會議在危害公安情況訂立規則，並不附合《基本法》規定，故《禁蒙面法》違憲。頒下判決後，警方宣佈暫停《禁蒙面法》執法。

十一月十九日——中、小學復課。五十四歲鄧炳強接任警務署署長。

十一月二十日——美國通過《香港民主及人權法案》。

十一月二十四日——香港區議會選舉，投票人士從清晨開始到各票站排隊等待投票，多區票站出現人龍，投票率達百分之七一・二，總人數為兩百九十四萬，創下香港歷史最高紀錄。結果，在四百五十二個席位中，非建制派大勝建制派，得到三百九十三席，建制派只有五十九席。

十一月二十五日——香港政府就高等法院對《禁蒙面法》的違憲裁決作出上訴。

十一月二日（星期六）

在非遊行的日子，在住宅區試用催淚彈，居民要求解釋，便把要求解釋的居民抓捕；強行闖入私人的食店，拘捕把身子擋在店門前的老闆姐弟；強行闖入私人屋苑，命令大批居民跪在地上雙手高舉搜查；在被捕人士的前臂，用不脫色墨水筆寫上編號；截停車子，拘捕司機，只是因為他在車內播放《願榮光歸香港》；毆打和拘捕社工、記者和義務救護員等，不在話下。

制度的暴升級至某個層面，就是在剝削每個人的尊嚴，執法者不是為了犯法的事而作出拘捕，而只是，那些執法者認定了，你的腦子裡有他們不喜歡的想法。不是因為你抵抗而被捕，而是因為你的意圖而被捕。

而把女被捕者壓在地上，騎坐在她的頸部，用胯下磨來磨去的人，還有他的大量同伴，他們的真正身份甚至不是執法者，而是被制度允許，喬裝成執法者的持槍強盜。以往有許多年，沒有人知道他們的真正身份，這場運動卻裸露出許多實相。他們入侵別人的私宅、車子，甚至別人的身體，盜取了一堆自己無法償還的罪孽，像一堆計時炸彈，不知何時會引爆。那些他們施放過的含山埃的催淚彈，殘餘物留在空氣、食物、泥土和食水之中，某天，還是會以各種方式進入他們的身體，這些沒完沒了的傷害，除了毀滅，並沒有任何意義。然而在歷史上，還是有許多被惡的意志掌控了的人，在這個循環裡樂此不疲，有時候，罪並不會使人卻步，人們沉溺在罪惡所帶來的歡愉之中，像球滾下山坡一般高速地墮落。

十一月三日（星期日）

設若城市是一個巨大的身體，活在其中的人是細胞，那麼，這五個月以來，似乎無窮無盡的劇痛，是因為這副身軀的皮膚，從表皮至真皮，被一點一點地，恍如凌遲般削下來，血肉和神經終於赤裸地曝露在空氣之中。

以往，依靠各個崗位努力地持守的制度是身體的皮膚。可是它在崩壞，被某種惡的意志，從執法的部門內部，搗毀了建立多年的守則，像細菌般蠶食了紀律部隊的紀律，那些曾經被信賴的公僕，成了手執武器的惡棍，隨意闖進別人的店子和居所，逮捕沒有犯法的人。他們會迫令居民跪在大廈的大堂，雙手放在頭頂讓他們搜查。他們甚至隨意闖進別人的身體，用過期的或成份不明的催淚彈炸開一個又一個的洞。他們也會脫光別人的衣服，撫摸別人的私處，強行接觸別人的性器，然後在那裡留下羞辱的記號。

執法者的暴力規管，再也不止於針對示威的人，而是所有令他們心生懷疑的人，而他們的懷疑又遠離了法律所訂下的標準，於是，那只是遵從於某種遊移不定的情緒判斷，或，惡的意志，就像在一個免疫系統失調的身體內，異常的免疫系統不斷攻擊正常的細胞。被制度賦予了槍械、大量武器和權力的執法者已失去了保衛城市和人民的功能，他們只是以各種方式在攻擊跟他們活在且同一個城市內的人，最初只是傷害人們的身體，後來，他們以各種惡意的形式剝奪人們生而為人的尊嚴。

剝奪他人的尊嚴，在別人的記憶之中留下恥辱的印記，這樣的威嚇比身上的傷疤更長久。這是一場賭搏，施暴的人在打賭，人們的意志會在尊嚴被奪去的同時已經屈服，還是始終不屈？

於是我更明白，極權在資本主義高度發展的城市裡如何更順利地運作。在一個分工細密的社會，人們已習慣甚至享受關係疏離帶來的好處，包括人和人之間的疏離、人和自己之間的疏離，甚至，自己的身和心割裂的疏離。在這樣的社會裡，當恆常有效地運作的制度一旦瓦解，人們便非常容易落入孤立無援的狀況裡，而且很容易以為，自己只是孤單而且力量微小的個人。反抗的運動則必須連結他人。我總是在想，納粹德軍建立的集中營因為在二次大戰中戰敗而曝光，受害者得到釋放，在那個年代，只要藏在地底的黑暗之事被揭露，就能尋回公義。可是，現在，誰都知道新疆有一個巨大而且在擴張之中的集中營，許多人在那裡遭受折磨甚至喪生，然而人們只能眼睜睜地當無可奈何的旁觀者。或許是因為，疏離會令人容易產生一種幻覺，以為每個人都可以獨善其身，而忽略萬事萬物原是一體的基本道理。於是，為了保全眼前的安穩和利益，人們以為讓一小部份人受害和忍受不公平的對待是可以接受，甚至是顧全大局的選擇，而不去面對，惡的意志和其帶來的惡果終會波及地球上每一個人的事實。

我也可以理解，為何當防暴警闖入私人大廈的大堂，迫令居民下跪搜查時，所有人都順從命令，因為恐懼會令人僵在原地，身和心在瞬間分離，在憤怒和想要反抗的同時，也有一個更強大的聲音在說：忍一忍便過去。於是，身體不甘地屈從了。

在法蘭克福參觀猶太人小巷博物館的那天，天空在雨後放晴。陰暗如地底的館內，極簡的文字配上圖畫述說了這樣的故事：有人飼養兩頭山羊，一隻咬了另一隻；貓來了，咬了山羊；狗前來，咬傷貓；棍了來了，追打狗；牛到達後，把棍子咬斷；屠夫來了，把牛宰掉；接著，死亡天使來了，收拾了屠夫。

在業的循環裡，傷害總是帶來更多的傷害。然而，即使人能洞悉自己身在業的循環裡，還是無法停止這個循環，而且仍然直接或間接地推動這個循環。

救贖究竟在哪裡？假若我只是巨大身體內的其中一個細胞，我只能盡力成為自己所尋求的人——無助的時候，設法去幫助需要幫助的人；絕望的時候，扮演一枚燈泡尋找希望；痛苦的時候，安撫另一個更痛苦的人或動物；憤怒的時候，聆聽另一個受傷的人的苦惱；覺得失去了皮膚時，成為另一個人的皮膚。

畢竟，每一副身軀都擁有神奇的自癒能力。

十一月三日（星期日） 黃昏

中午時外出，在市中心看到大量穿綠衣的防暴警。他們走過的地方，人們像躲避帶毒的人那樣，自動和他們保持廣濶的距離，人群在遠一點的地方怒叫他們離開。

回到家裡，剛寫完一篇比較長的專欄稿，休息一下，看一下臉書，便看到，血、血和血。記者被捕，撐警的人持刀斬傷人們的背部近肺的位置，有人咬去一個人的耳朵。

只想知道，被咬去耳朵，是否能接駁回去。

很痛。

我對被傷害的臉容很敏感。臉一旦受傷，也損害了身份和關係。

十一月四日（星期一）

那天，我在中午外出到市中心辦一點事。從文娛中心出來，看到一群穿著綠衣和頭罩的面目難辨的防暴警經過。周日午間，廣場上本來擠滿了歇息的長者、逛街的家庭和買菜的夫婦，可是，人們迅速地和防暴警保持著廣濶的距離，像油和水在瞬間分離。在稍遠一點的地方，人們聚集成另一個群體，叱喝著防暴警遠離沒有任何示威活動的住宅區。

日常生活和激烈衝突的邊界已然逐漸模糊。人們無法預料，在如常過活的哪一點，會突然遇上警察，也不會知道，會在哪個時刻，被拉進警方的盾陣之中。我加快了腳步走進人群之間，成了其中一員，並不是因為恐懼，而是為了像一滴水流進海那樣，讓個人成為群眾力量的一員。以往有許多年，我是那麼討厭群體，然而，當極權露出了兇狠的本相，人和人之間唯有聚合才能凝聚成某種可以抗衡的力量。

在人群裡站立了好一陣子，突然想到，他們可能在毫無預警之下施放催淚彈，就像幾天之前，不明的氣體，使整個區域的空氣都變得辛辣而難以呼吸。於是我跑回家裡，只是為了關上窗子，以免獨留在家的貓吸入帶毒的氣體。

有人說，這個城市的未來是堪虞的，然而，失去對未來的盼望，也就是放下對未來的幻像。畢竟，人可以抓緊的從來只有當下。只有在不存在幻覺的時代，人們才能切實地面對自我，看清生命裡最重要的是什麼，可以毫無保留地盡力爭取的又是什麼。

十一月五日（星期二）

遠遊後回到家裡，便發現貓的後頸有一個血洞。從那天開始，展開了每天數次為貓洗傷口和塗藥的時期。貓對外界充滿疑慮，當我拿著藥物靠近牠，牠總是機警地逃去。我只能在替牠梳毛或趁牠熟睡時快速上藥。傷口曾經癒合，可是，某個早上，我起來後又發現，本來已結疤的傷口，又被抓得脫皮見肉。急痛攻心，我不禁對貓厲聲說：「你再抓傷口，我殺掉你！」話衝出了嘴巴，才對說話中不合本意的殘忍感到驚訝。

我心痛牠，便責罵牠，然而，那句話中所表達的卻不是愛，而是憤怒。愛裡是否都包含著暴烈？我想到，當我還是個幼童時，某天要出門上幼稚園，卻鬧別扭不願上學，帶我上學的父親別過身子，對著鏡子逕自用髮臘梳理頭髮，同時咬牙切齒地說：「你再鬧，我就煎了你的皮。」那驚慄，一直留在我心裡多年。

幸好，貓並不以言語理解人意。言語是曲折的，在大部份的情況下，說話無法直指內心，而更像一個迷宮。因為貓不是人，牠可以繞過那些帶毒的語言，感受到藏在話語之間的難以言諭的愛。

當我看到自己對貓的嚴苛，心裡那許多關上了的門，其中一扇敞開了一點。如果，父親像我愛著貓那樣愛我。但我仍然不懷念他。語言是一個迷宮，橫亙在人和人之間，一句話可能藏著千百種意思，選擇一種解讀的方法，就像進入一種加諸於己身的命運。我不知道是否要進入一扇善待自己的門內。

十一月六日（星期三）

居所樓下的茶餐廳，自一年多前開業以來，便聚集了一群住在附近的居民。老闆是個和藹的男人，妻兒有時會到店內幫忙，餐廳內的氣氛經常都是親切而歡快的，即使食物質素不怎麼樣，那空間依然是讓人想要停留的地方。直覺告訴我，老闆是個經濟狀況寬裕的人，開店不是為了賺取生活，而是更從容地過活。侍應和食客都知道，老闆的其中一個兒子是警務人員，六月以來，他再也沒有出現在店內。

我確實想要透過消費表達意見和改變社會，可是，有時候也會懷疑，世上萬物的本質，人和人的關係，如此錯縱複雜，黃和藍之間有那麼多深深淺淺的變化，如何可以一刀切割地劃分？

某天，當我如常在下午到茶餐廳吃一份雞蛋三文治，老闆正在跟相熟的客人討論：「我無法忍受共產黨，因為他們總是刪改歷史。跟我年紀相仿的人，年輕時忍受不了黨，才會從大陸過來，但，現在他們全都變了。」他一邊說，我一邊感到他更親近，同時不禁問自己：到底從什麼時候開始，我會根據面前的人的立場而判別親疏？曾經，這城市是一個可以包納多元和異質聲音的地方，我是否已失去了這城市賦予我的特質？

政府的人員不止一次提及：「當一切回復正常……」所謂正常究竟是什

麼？對我來說，那是危險已遠離日常，人們不必如在戰地般使出所有求生本能而彼此敵對，可以從容地走進任何店子，好好地吃一頓飯。

十一月七日（星期四）

黑暗是源源不絕的
藏在人心裡不可碰觸的部份
我們挖得太深
被沼氣充塞肺葉
救援的人無法前來
警車堵塞在唯一的逃生口
築成路障
合法地

十一月九日（星期六）

自從那天，執法者在這區試驗催淚彈，我的氣管就一直在發炎，貓頸背的傷口也一直敞開。這陣子，幾位朋友的動物家人相繼離世，我想，為什麼會這樣？除了物理性的層面，太多帶毒的殘餘物飄散在空中無法散去，集體的精神創傷、鬱結和憤恨，都會被敏銳的毛孩首當其衝完全吸收。體型和生命力比人類小很多的牠們會擋在我們身前先死，而且是身不由己的。

今早，一對珠頸斑鳩飛到書房窗前，在冷氣機頂部築巢，他們啣著樹枝，一枝一枝築構著理想家居的形狀，兼任裝修工和建築師。能被美麗的珠頸斑鳩選中作為新居地點，我感到非常榮幸。只是，白果一直朝著窗子嘶叫，焦慮又不安，覺得鳥入侵了自己的範圍。我直覺感到，白果仍是一頭流浪貓時，殺過許多鳥，珠頸斑鳩肥美多肉，常是野貓的獵物。我希望斑鳩們可在我的冷氣機頂過冬，順利生下小鳥。空氣已被污染，街上警車的聲響和槍聲，太多的惡意也令他們感到危險，所以他們才不得不飛到十多樓築巢。

可是，我能做的很少，只能安撫焦躁而且被喚起了野性的白果，並在外出時先關上書房門。希望回家時，斑鳩仍在。

十一月十一日（星期一） 清晨

他是兩個女兒的父親。穿上制服的時候，他手中有槍，那時候，他是誰？他瞄準了穿黑衣的少年，少年還來不及反應，身子已中了槍。那時候，他是誰？他養育著兩個少女的同時，擊碎了別人孩子的內臟。他開了三槍，一個少年垂危，另一個受傷。

「穿黑衣的人，全是暴徒。」他們說。他們看著持槍的人把少女強暴，把倒地的少年毆打至全身浴血，腦漿溢出，然後不知所蹤，看著神秘墮樓的男生終於死去，更多男男女女在墮樓或墮海前早已死去，然後，他們讚揚劊子手是英雄。

回到家裡，他看著兩個女兒的臉，想起自己是家教會的主席，在表格上願景的那一欄，他寫著：要為學生建立一個有愛的環境。

「治亂世，用重典。」他想。殺更多蟑螂，建立一個更美好的環境。那些人不是人，那些是蟑螂。他覺得這不是他的想法，這是那個穿制服的人的想法，開槍的人不是他，如果是他的話，他希望別人會理解他，起碼比他更理解他自己。他是誰？他不太知道。

十一月十一日（星期一）

死亡的氣息覆蓋著城市的時候，陰霾就沒法被秋天的風吹散，天空似乎距離每一個人都更遠。

沒有人能準確地指出，那些引致死亡的物質滲進城市的邊界是在哪一天。

最初，不知是誰突然發現，為何蟬鳴在仲夏之前就消失了？以往，牠們一直奮力在樹上呼叫，直至秋天來臨之前，紛紛倒地為止。不久，人們說，連每年都出現的惱人蚊患，也沒有出現了，但沒有一個人覺得慶幸。死亡實在過於頻繁，而且，它出現的方式改變了。許多屍體從高處墮下時，沒有血跡，也有屍體在海上浮現時，沒有穿衣服。執法者的發言人說，全都沒有可疑，他們全是自殺者。

街上的老鼠和蟑螂大量地死去，本來就是人們所樂見的，流浪的貓和狗倒在地上，人們也無暇關心。某人養在家裡的一窩倉鼠在嗅到催淚氣體後，全都死去了。她養了多年，成了心頭一塊肉的貓，某天死去了。她剛剛收養的灰色小鼠，某天突然原因不明地窒息。

執法者在驅趕抗爭者時，抓不到半個人，只好對著一群鳥，射出了一發胡椒球，其中一隻飛得不夠快的鳥，倒在地上，再也沒有醒過來，就像商場內那個被許多執法者圍毆的黑衣人，整張臉都是鮮血，失去了意識之後，商場被封，沒有人知道他的去向。另一天的早上，一名交通警拔槍射向一名穿黑衣的少年，少年的內臟就爆裂了。當死亡變得那麼普遍時，殺人者不再被法律和不明文的規範約束，而被殺者可能是每一個人。

瘋狂的人在亂世活得更自在，而正常者要在瘋子中保持清醒變得困難。人們唯一能保持正常的方式就是，記住每一個死者不尋常的死亡，以及，保持對每一種死亡的義怒，堅持追究殺人者，直至一切回復真正的正常。

十一月十二日（星期二）

破曉時份，窗外的天在漆黑和深藍之間，一把女聲劃破了寂靜：「起身啦，手足！」我從夢中醒來。我不認識她，但知道她所指的是什麼。我無法再睡，但天仍未亮。不久，警車的嗚咽便進入了街道。我居住的地方，在平常的日子非常寧靜，可是，平常已一點點地傾斜，警車尖銳的叫聲陸續入侵街道。

街上的人若無其事地走過，各自以自己的方式適應那四輛停泊在一旁的警車。沒有人深究穿著綠色制服，戴上面罩的執法者為何在這裡，人們無法蒙著整張臉面，只能以一種狐疑和冷漠的神情保護自己。

當我知道執法者闖進多家大學，包括建在山上的大學時，已經太遲。他們已在那裡發放了許多催淚彈、胡椒彈和橡膠彈，射向只拿著單薄床褥抵擋的學生。我每年都會在那裡兼課。我想起那些參天的老樹、在山間隨時都會出現的松鼠和貓，還有傳說中的羊。我想起冬天的下午，從本部下課之後，會沿著一道很長的樓梯，經過「小橋流水」，在荷塘前停留，因為青蛙在那裡叫喚。然後，我一直走到蘭苑，在回家之前吃一個下午茶。那些樹和鳥，守護著大學，那是個充滿了純淨能量的校園，然而，今天以後，鮮血和催淚彈的殘餘物，會使各種植物萎榭、貓和各種動物悄悄地傷病死去。

也有可能，是我們的自以為是殺掉這一切，自以為在失常中仍可如常，自以為可以獨善其身，自以為在亂世中可以苟且偷生。

十一月十二日（星期二）　黃昏

所以，他們是決心殺光所有孩子，然後是成人，最初，殺腦中仍有自由意志的人，然後殺馴服的姿態不夠純熟的人，最後是下跪求饒的人，直至一個香港人也沒有，才會停止暴虐和搜捕嗎？

車子進入了沙田範圍，頭和氣管就開始痛，政權接管了這裡的空氣。窗外的圓月很亮，比車廂內慘白的光管更亮。但車輛非常擠塞，寸步難移。我想接近一個有待揭曉的惡夢，只能經驗惡夢，才能穿過惡夢，但我不知道要走多遠才能到達惡夢。

十一月十三日（星期三）

天色已晚，入夜後，各種危險都可能出現，但這是個不安的夜，擠塞在路上的車子發出焦慮的橘色亮光。車輛蠕動，人們的臉上有一種委屈而聽天由命的神情，這是習慣了地鐵臨時關閉，巴士改道或停駛後的反應。每個人都有不同的目的地，但這是個狹小的城市，走出一條可以容納各種不同方向的路，並不是容易的事。

巴士好不容易到達沙田站，我下了車，那時候，我並不知道，公共交通工具陸續停駛，巴士總站的長長的人龍，直至另一天來臨之前，都不會等到他們期待中的車子。人們站在高處，看著從沙田駛向大學的公路，被四輛警車佔據，車子的鳴響像鬼的嗚咽。全身保護裝備的綠衣防暴警在車子紛紛跳下來，車內的另一個執法者重覆地叫呼：「右方有蟑螂，右方有蟑螂。」那些在戒備狀態的持槍防暴警僵立在那裡良久，沒有抓著任何獵物，又跳上車子離開了。不久，兩部車子停下，兩個男人從車子下來，用鐵馬和石子設置了路障。路障就像詞語，都是中性的，不同的人都可從中解讀出不同的意義。我心裡惦著在大學燃起的戰火，於是看到路障就像某種救助。然而，不消一會，另外兩部車子停下來，另外兩個男人下車，又把鐵馬和石子，逐一拋擲到路旁，公路的車流，包括那些隨時出現的警車，再次暢通無阻。

無論是設置或清除路障的人，臉上都有凜然之色，卻抱持相反的立場。前者為了阻礙防暴警以執法的名義清洗一代年輕人，後者為了繼續維持各種生活裡的日常狀態。有時候，人和螻蟻的處境非常接近。因為自由就是讓每一個人都可以保有自己的方向，即使這些方向互相衝突，於是，在這個城市痊癒之前，擠塞漸漸成了每天都會出現的狀況。

十一月十四日（星期四）　凌晨

有時候，K會跟我說，文革時期的事，我總是感到一種恍如進入異度空間的恐怖，但我總是想聽更多，並暗暗期望，歷史不會重演，人類已經進化，我們已經徹底地死裡逃生。她會告訴我許多陌生的，從沒有留在歷史上的名字。

「他們都是那年代最出色的人材，不過都被鬥死了。後來上台的全是次貨，或假貨。」她說。

我從未就讀中大，但中大是我感情最深的一所大學，那些老樹和動物讓整個校園被一種平靜的光包圍著，那種氛圍包納了我，同時也包覆了那些學生。我在那裡兼課的日子，比我唸大學的時期更長。我喜歡那些學生，我每年都期待到那裡上課。他們純善如羊。他們總是認真而且誠實，他們信任學習和人。寫作課會透現人們的本質。我一直以為他們純善如羊，卻不知道他們在捍衛一些非常重要的價值時，也會兇猛如面對獅子時要保護幼鹿的母親。

其實我希望他們不要那麼強悍，能逃開，遠遠地逃開，逃離這些殺人者。我希望他們可以活下去，在歷史上留下名字，不是用犧牲留名，而是在世界上建立屬於自己的東西，不要讓劣幣一直佔據這裡的議會、官邸、主要部門和機關。

所以能活下去的人，都要代替死去的記住這一年，尤其是今夜，讓未來的人，世世代代都知道，香港曾是這樣，黑暗又燦爛，像個爆炸了一整個季節的炸彈。

十一月十四日（星期四）

自夏季開始，常常在抗爭現場進行直播的記者，在臉書上公開，他患了上了氯痤瘡，這是體內積存了高濃度二噁英的表徵。自六月以來，警方已射出了超過六千發催淚彈，這些成份不明的催淚彈，落在地上時產生高溫炙熔了柏油路的表面，當然也燒傷了許多脆弱的血肉之軀，殘餘物留在空氣裡，城市內所有人也無法獨善其身，沒有表面傷痕的人，早晚也會吸入過量的毒素，遺禍卻在多年以後才出現。

我想起那一年，到廣島旅行，走進國立長崎原爆犧牲者追悼平和祈念館，牆壁上展出的是當年受害者的血肉模糊的個人體驗，以口述歷史的方式記錄下來。其中一直留在我的腦內幾乎成為了一道疤痕的記載由當年仍是孩子的受害者，在長大後憶述。核爆來臨時，年輕的母親和兩名孩子在家中，一位六歲，另一位只是手抱的嬰兒。爆炸過後，母親找到六歲孩子，可是，嬰兒被埋在瓦礫裡，尚有呼吸，哭著求救。母親瘋了似的徒手挖掘，沒有任何工具輔助，她們使盡了力氣，也無法移開巨大而沉重的瓦礫，嬰兒的哭聲漸漸微弱，直至四周再沒有哭聲，母親仍在瘋了似的挖掘，失去了指甲。

跟原子彈所造成的強烈災難畫面相比，催淚彈像披著羊皮的魔，遺害往往在數年以至數十年後才出現。除非被催淚彈射中頭顱，否則傷者不會即時死亡，只是慢性地死，讓毒性透過呼吸或皮膚，一點一點蠶食生命力。時代或許在進步，人性的黑暗也到達了新的高度。人們活著便無法拒絕吸入帶毒的空氣，即使知道這一切仍然無法阻止禍害的形成。然而，身體在此時也成了一部活的記錄，一個經歷數十年也不消失的現場，活著本身成了一種日常的對惡的抵抗。

十一月十五日（星期五）

人們紛紛在社交媒體申明：「本人不會自殺。」當人們在街上被捕，如果沒有被掩著嘴巴，也來得及轉過頭去面對鏡頭，他們會高喊：「我不會自殺。」

死亡是生的一部份。這個夏天，我突然發現，如果要理解那個時代裡，人們如何被權力操控生死，又以怎樣的方式試圖取回主導權，得看他們如何面對死亡。

我想起九十年代曾經引起整個亞洲區注視的一本書，《完全自殺手冊》。作者鶴見濟參照法醫學著作討論和分析自殺的各種方法，不但詳細介紹各種自盡方法的過程，還以痛苦度、麻煩度、牽連度和致死度等各個層面給予評價，附以自殺勝地之介紹和各種自殺者資料的統計狀況等，可以說是一本完備的自殺攻略。此書在一九九三年在日本出版，引起廣泛迴響，一九九四年台灣推出了中文版後，旋即在港台被禁，理由是牴觸了人類爭取生存的道德標準，違反社會價值。在金融風暴發生的一九九七年，此書在日本某些都道府縣被列作有害圖書而限制販售。

此書的暢銷和被禁，反映了人們直面禁忌和自己內在慾望的需要，他們將要跨出安全的邊界，那引起管治者的擔憂。

如果真的有一種適用於文明社會的道德標準，那應該是，既然生不由人，而每一個人又是獨特的個體，那麼，一個人何時死，怎樣死，應該由當事人按照自己的意志選擇和決定。在富庶安穩的九十年代，主流價值鼓吹正面、積極和樂觀思考，自我了斷被視為異常行為而禁絕。然而，也只有在繁華而安定的年代，人們才有餘裕處理自己的精神需要，思考結束自己生命的種種可能。

在必要時，死是一種以自己的性命，作為喚起大眾關注某種不公義的現象，或實踐某種更大價值的祭品，就像六月中旬，那個不斷下雨的月份，一個接著一個奉獻自己寶貴生命的人，以死來明志。

直至城市的海面頻繁地出現浮屍和從高處墮下的屍體，全都無法得到公正的死因調查，人們才發現，一切都已急速地改變，政權在沒收人們死亡的自由。受害者的死亡像一個隱喻，充滿了帶著威脅的暗示。有時候，比死亡激起人們心裡更大恐懼的是，失去對死的自主權，一種既非自然，也不是由自己所促成的死亡。只是，自從夏季開始，這城市的人迅速地聚合，成了一個緊密的群體，一個人的死亡，往往成了激發另一個人開始探索自我和生命意義的契機。於是，這些始料不及的死亡所帶來的撞擊，或許會震懾眾人，即如古代的當眾行刑，對於潛在的犯罪者有阻嚇的作用；但，那些由極端的惡意所造成的死亡，也很可能會激起前所未有的憤怒，而憤怒會激發每一個人深藏著的巨大生命能量。

政權的粗暴，一方面讓人們感到自己單是出現在街上就可能會被拘捕和定罪，而另一方面，人們單是不屈地活著，就是在實踐自由和抵抗。

因此，當人們向眾人宣告：「我不會自殺。」意思並不是，他們熱愛生命，而是，他們是自由的。他們沒有選擇死亡。要是日後他們的肉身被弄死了，那並非出自他們的意願，而被自殺的戲碼也會因為他們的宣言而破局，因為所有的見證者都參與了他們保有生和死的自主過程。

十一月十六日（星期六）

中大有許多，鳥的屍體。窗外的珠頸斑鳩在我的冷氣機頂築了巢，住了三天，第四天再沒有來。直至今天，牠們一直沒有再回來。沙田美林村發現了松鼠的屍體。

鬱悶時，我會離開書桌，找白果，然後給他按摩全身膀胱經。一位以自然療法和中藥治療動物的年輕獸醫，曾在訪問中示範幫貓按摩膀胱經的方法。「每天為貓掃這條經絡一百次，牠們會身心健康。」獸醫說。

我給白果按摩，又按照貓友教導的方法，煮了南瓜泥混進魚肉罐頭，給貓吃，貓長久以來的食慾不振，竟然好轉了。

其實，我只是在治療自己，透過愛護貓，維持日常生活細節，豢養心裡光的部份，對抗這個天皺水逆時期帶來的巨大死亡陰影。

十一月十七日（星期日）

看了直播一會，頭就很痛。

巨大水炮車，把暴雨般的含山埃催淚水劑射向孤弱的雨傘和人，還有在畫面中無法顯示，卻可以把人的內臟震碎的音波炮。理大比幾天前中大的狀況更危急，現場也沒有足夠的醫護人員。

在超過六千多枚催淚彈放題之下，這裡的空氣、水源和食物，全都受了無法逆轉的污染，躲在官邸的官員，隨時都可和家人到外國展開新生。前線的施放催淚彈和水炮的執法者，和抗爭者還有住在這裡的人，同樣身受污染後遺症的禍害。

現在，只是希望，死亡不在此刻。

十一月十八日（星期一）

我不知道可以多接近，只是知道，只要走在路上，就會碰到同路人，即使面前沒有確切的路，還是可以憑自己的腳，走出一條讓所有人一起逃生的路。

我們走到一條主要的道路上，跟著一群撐傘的人一起走。空氣有點嗆人。同行者中不乏穿高跟鞋和貼身連衣短裙的ＯＬ，大部份的人都像剛從辦公室或家裡走出來。不知道是誰先開始喊叫：「救學生！救學生！」我們也跟著一起叫：「救學生！救學生！」。一邊走，一邊叫。食店的人紛紛站在門外，觀看一場即將醞釀成熟的災難。我感謝他們沒有關門，當同伴向他們的其中一個索取物資，她無償地給我們，而且對我們說：「如果不夠，我再給你。」

直昇機在上空盤旋，不遠處有槍聲。路上被磚頭有序地排列出路障，有人說，這是一種破壞，如果，把磚頭從地上拆出來是一種破壞，這是為了阻止執法者把別人的子女暴打至頭破血流、強暴甚至做各種更可怕的事。

休息中的人，有些受了傷，正在接受簡單的急救，有幾個少女在流淚。如果這是一個戰場，我站在大後方的後方。

空氣中有些東西使我的頭很痛、喉嚨乾涸。氣氛平靜下來，我回家了。

被困在大學裡的，是一批被失控的執法者禁錮著的年輕人。執法者是獵人，城裡的人全是獵物。我們需要整個世界，不只是香港的，而是整個世界裡，所有不堪壓迫的善良靈魂給我們善意和援助，才能跨過這難關。受苦是智慧的開端。只要跨過這難關，整個世界的意識都會得到提昇。

感謝一批中學的校長，走向理工大學；感謝紅十字會派救護隊進入理大，終於獲得治療傷者的機會；感謝五十個基督徒無畏無懼進入理大送物資。

今夜冷鋒將至，我們需要上天派來天使，還有奇蹟和憐憫，讓政權冷硬的心變軟。

十一月十九日（星期二）

珠頸斑鳩始終沒有再回來，只是在我家書房窗外，冷氣機頂部留下了一個豐茂的巢，築成了一個皇冠的形狀。

一對斑鳩夫婦飛抵我的窗前，選擇了冷氣機頂部建築巢穴，是在抗爭進行了五個月之後的秋日早上。含有山埃的催淚彈在城市裡發射了超過六千枚，這些催淚彈發射後生出高溫釋放高濃度的二噁英，污染了食水、土地、動物和人的身體。鳥的身型比人類小而脆弱得多。或許，這就是斑鳩夫婦在這年入冬前，要找一個遠離地面和人間險惡的高處，與世無爭地繁殖下一代的原因。

珠頸斑鳩的出現，曾經為我在紛亂的日子帶來一點喜悅。兩天後，大量防暴警察突然進入中文大學校園範圍，抓捕學生，學生抵抗，警察不斷發射催淚彈和胡椒彈。中大是一座遠離市區的山城，旁邊是吐露港。那天，臉書上滿滿的都是那座山城的頂部冒起了黑灰的煙霧直衝到天空的照片。我在那裡兼課四年。我想起校園內的老樹、穿著樸素，甚至趿一雙拖鞋就前來上課的純真學生。到了下午，通向大學站的地鐵和其他公共交通工具陸續停止運作。我無法待在家裡，把充足的糧水留下給貓，便離家坐上前往沙田的巴士。車子到了沙田，本來熙來攘往的新城市廣場關了燈，所有店子都關了門，廣播表示由於突發事故，商場提早結束營業，並呼籲人們離去。可是人們聚集在中庭的一根大柱子前方，柱子被紙鶴環繞，柱身貼滿了關於抗爭的各種文章和圖片。

我致電身在中大校園的T，問她該如何進去。「所有交通都斷了，計程車也不會進入這一區，如果你真要進來，就要搭『家長車』。」T說：「這是我參與過的最嚴峻的一役。你為何一定要進來呢？如果你不會上前線，還不如在家寫文章尋求國際關注更好。」掛了線後，我知道我不會坐陌生人駕駛的「家長車」，因為我無法分辨，駕駛者是否執法者。廣場外的巴士總站擠滿了等候巴士的人龍，不久後，我們才知道，所有車子都無法進入新界東部，連接這裡的吐露港公路封閉了。流落在車站內的人，不斷打電話給家人、朋友或電召車子服務，可是沒有人能把被困者帶離車站。那時候我覺得，車站就是整個城市的縮影。

那夜，我無法返回自己的家，只能借宿在友人的房子。在斷續的睡眠之間，其中一個夢裡，我們居住的城市，是海裡的倒映。城市的海已經愈來愈狹小，為了土地供應，不斷被泥土填平。於是，這裡的人把身子捲縮得更小巧，努力減肥，為了適應空間的縮減和人口的增加。不過，還是有愈來愈多人發現：「我們只是活在一個倒映裡。可是，為什麼住在倒映中的人不能掌管自己的命運？」他們游到岸上，試圖阻止填海的工程，甚至，要改變岸上的本體的世界，這使本體世界的管治者非常憤怒：「你們違反了本體和影子的邏輯。你們是一群犯了罪的影子。」

我們的世界，確實是非常脆弱，暴風或雷雨，都會使海湧出巨浪，平靜的倒映太容易就會成為碎片。城市裡有許多人，說這城市的混亂是因為有人闖進了本體的世界而引起，可是，我們不是一直活在各種碎片之中嗎？

在這些碎片之間，有時候，我為了抓緊以往安穩生活的痕跡，會到商店閒逛，選購一個正在減價的手袋，或，看著貓吃飼料，在牠吃飽後，和牠一起曬太陽。

可是，珠頸斑鳩在我好不容易從沙田回到家的早上，不告而別，只留下空巢，再也沒有回來過。T在防暴警察終於撤出校園後，轉到理工大學留守，最初，她不願離開同行者，不久，她無法離開那裡。過了四十多個小時，沒有一個人能在那裡全身而退。

「究竟在這個地球上，還有沒有人可以阻止握有大量武器的失控執法者殘殺我們？」有人問。他們沒有攻進校園，只是在每個留守在裡面的人試圖衝出去時，用大量催淚彈和橡膠子彈掃射他們，禁止記者在場，把到場救援的救護員反縛雙手拘禁。被困在校園內的人在糧水斷絕後，陷入很深的絕望之中。

我無法尋回珠頸斑鳩，但我至少要尋回完整無缺的T。幾個月之間，我們經歷了慘烈的失去，許多人喪失了性命，成了死因不明的浮屍，有許多人永久傷殘，也有更多人被凌辱和侵犯，像日全蝕時，黑暗掩蔽了大部份的太陽。

沒有人真正知道可以做什麼，我們只是決定，連結起來，慢慢地步行到理工大學，迫使執法者放人。直昇機在上空盤旋，槍聲在不遠處反覆響起。路上有抗爭者築起的路障，突然，一隻色彩鮮豔的蝴蝶突然飛過來，停在同伴的衣袖上好一陣子才離開。對於蝴蝶來說，從毛蟲蛻變成現在的樣子，是否也經歷了一場無以名狀的失去？

十一月十九日（星期二）

當人們在暴力面前，感到極度恐懼，卻也不得不連結起來，他們在對抗的，其中一個微妙的部份，是受害者的孤獨。

那幾百個人，被困在一個校園裡，所有出入口都被執法者包圍，被困的人一旦試圖離開，就會遭到近距離的催淚彈或槍擊。人們呼救，但，整個城市已被惡名昭著的執法者接管。那時候，許多事物和觀念之間的界線，已逐漸模糊，例如，正義和邪惡、善意和惡意、和平與暴力、執法和犯法，即使在白天，日光也非常黑暗，暗得無法看清前路。

五個多月以來，被捕的人數已接近五千。當守法的人被指是違法，而違法的人卻在執法，接下來的問題是，法治的依據是什麼？正如，當被捕者的數目愈來愈多，監獄的內和外的界線也在漸漸消融，當還沒有被捕的人坐在家裡，看到新聞畫面裡的熊熊火光，不免會感到，被禁錮在校園內的人，正在代替自己而被困，這不僅是因為五個多月以來，人和人之間的緊密的連結，也是因為在外面的人可以同理被困者面對無邊幽暗的孤獨。

禁錮的是一種漫長的折磨，目的在於消磨被困者的意志，迫使他們在無望的環境裡，獨自面對深藏在心裡最底層的東西。有人可能因此情緒崩潰、精神失常，甚至殺掉自己。

那些紛紛湧到街上去的人，也許用盡一切方法也無法突破防線，他們甚至不知道自己可以做什麼，只是要讓被困者知道：「我們在這裡，你們不是絕對的孤獨。」

十一月二十日（星期三）

這是我看過最荒誕的一場禁錮。（即使已遇過太多荒誕的事，然而荒誕的感受仍然那麼鮮活，像遭遇許多折磨但仍在跳動的心臟。）

到了第四天，校園內漸漸水盡糧絕，救護人員都離開了，留守的人也以各種不同的方法走出去，但作為少數的他們仍在那裡。

他們不願以罪犯的方式走出校園。因為，留在那裡本來就沒有違反任何法律。可是城市早已傾斜，在失常的狀況裡，堅持正常的人，會被視為瘋狂。

折磨他們的，或許不是飢餓、恐懼或寒冷，而是保持清醒的孤獨。

村上春樹的小說，常常使用井的意象，在《發條鳥年代記》中，間宮中尉在諾門罕戰役，被敵軍拋下枯井裡，企圖讓他活生生地絕望地失救致死。在井裡，他卻進入了生的虛無的核心之中，那是自我和存在的深處。多年後，妻子失蹤的岡田亨為了進入更深層的思索，自願進入一個枯井裡，在完全的漆黑中進行冥想。

每個人的孤獨都是一個深不見底的井。被禁錮在校園內的人，固然在井的底部，那些想要營救，卻被禁足在校園外的人，也掉進了自己的井之內，甚至，從校園離開了的人，也可能仍然在井裡，被內疚折騰。那些不斷施放催淚彈和橡膠彈的執法者，還有坐在官邸裡的人，全都有各自屬於他們的井底。如果地獄在人間，終極的審判也在此生，不在法庭，也不在那個還未成立的獨立調查委員會，而是在每個人終於陷進自己的井底的時候。

十一月二十五日（星期一）

漸漸地，人們再也沒法清晰地指出，被困在理工大學的人，已在那裡過了多少天，以及，那裡還有多少人。新聞的畫面失去了他們以及這個地方的蹤影。但，被困的人仍然活生生而萎頓地掙扎求存。不久以後，那裡將會成為一個封存了的黑暗記號。

黑暗記號有別於遺忘，而更類近深層創傷。在那裡，無罪的人，被困在一個名為「帶罪」的範圍裡。最初，他們在那裡聚集，不久，那地方被圍封起來，執法者在外面宣佈，他們要逮捕裡面所有的人。執法者是漁夫，大學變了漁網，留守在那裡的人，突然成了被捕穫的魚。他們堅持留在那裡，或許不止是為了抗拒被捕，而是為了抵抗人在毫無防備之下突然成了魚的荒謬。

校內的人被困在校內，而在校外想要營救卻無計可施的人，被困在校園外。「被困」成了這個城市裡的人連結成一塊的共同創傷。

然而，黑暗記號正如世上所有事物，都具備了矛盾的特質，由對立的兩面形成。所有的苦難都包含著必須細心搜尋才能發現的禮物。這個黑暗記號的其中一份禮物就是，這個城市的人，開啟了一個新的屬於自己的故事。這世上並非所有人都有屬於自己的故事，只有那些在命運臨到自己身上時，不逃避不退縮，完全接受所有將要發生或已經發生的事，不管好壞都用心經歷的人，才會得到屬於自己故事的鑰匙。自此，「香港」成了一個意義曖昧而豐富的隱喻。

十一月二十六日（星期二）

他們被逮捕之後，被送上了一列東鐵列車，然後，到了哪裡去？執法者承認把人押上前往北方的列車，卻對目的地守口如瓶。

那夜，一輛由執法者駕駛的警車，衝向人群，驚慌的人走避不及，倒在地上互相踐踏，一個身體壓著另一個身體，蒼白的臉因為失救而慢慢發紫。沒有人知道死傷者的數目。

得到屬於自己故事的鑰匙，把盒子打開，那些缺失了真相的事件，全是恐懼和創傷的斑駁痕跡，恐怖像一條路軌，向遠方延伸。陌生者在我的臉書上留言：「你不應該以未經驗證為事實的事件作為創作材料。」

城市是一個打開了的潘朵拉盒子，以往沿用多年的制度已然崩潰，日常的架構四分五裂，當消息從各種渠道傳出來，往往無從判斷，那是千真萬確的事實還是一則聳聽的危言。但，也只有在這種珍貴的時刻，人們知道是重新訓練自己思考的技術和各種生存技能的時候。人的經驗範圍畢竟有限，在個人經驗以外，從上而下的統一真相逐漸崩塌，每個人都必須負起辨認和釐清訊息的責任，以及發現自己所一直相信的原來是一個謊言的風險。

對於陌生者的留言，我想，一個寫作的人，要寫出眾人所相信的事嗎？但，世界已碎裂，每人的視線所及，都只是一塊最靠近自己的碎片。或許，只有當每個人都誠實地描繪自己撞上了的那塊碎片，所有的碎片才有可能在未來拼湊成失常時期的城市全貌。

十一月二十七日（星期三）

當最後一批留守者，漸漸出現了創傷後遺症、抑鬱和自殺傾向，剛剛當選而即將接任的區議員要求特首解封理工大學，無條件地釋放被困的人，但，被拒絕了。

所有的仇恨都有因由。

我想起兩年前，由神秘的鬼剃頭所造成的迅速掉髮，在頭皮上形成了一個蒼白的洞。醫師問我：「壓力的源頭是什麼？」我沒有告訴他，是對一個人深切的恨意。那時候，我以為因為那巨大傷害，我在仇恨中對那個人的進行日夜不斷的拷問，是一件理所當然的事。但頭皮上的洞告訴我，那塊以仇恨的力量往遠方投擲的巨石，最後落在我自己身上。

如果在荒謬失常的狀況下，仍有希望的亮光，那是因為，這裡有愈來愈多的人，嘗試把仇恨提煉成另一種物質。如果以個人的力量，無法撼動冷硬的高牆，那麼，可以進行的反抗，至少包括盡量善待和珍惜身旁的每個人，就像劃一根火柴減少四周的黑暗那樣，囤積由苦難而生的，對萬物而生起的同理之心。每天都發生失控而殘酷的事，每天都有人和另一個人吵架和發生衝突。我記得，恨著一個人，是引起一把火焚燒自己，是腦內喃喃不斷的咒罵和自責的聲音，是把自己活成印象中對方可厭的模樣。我記得仇恨是一種妥協，輕易交出良善的本質，被惡所同化。如果世上真的有一種合適的報復方式，我想，那是成為自己所喜歡的人，拒絕被同化。那時候，頭髮是在這狀況下重新長出來。

十一月二十八日（星期四）

在熟悉的異鄉T地完成了講座之後，我必須返回一個安全的陰影。在那裡，不必扮演任何角色。

「我們要去的地方，是一條延伸到海裡的短堤。」一起行前，S這樣解說目的地「海之聲」。

於是我們坐在一輛行駛中的車子，而手機導航系統裡的模擬車子跟著移動，終點是一個陌生的地名，我只知道，將會看到海。

S把車子停在一個荒僻的地方，四周長滿不知名的樹。下車的時候，我們曾經猶豫過要不要帶上一把抵擋猛烈陽光的傘。終於，除了手機，什麼也沒有帶上。

遠處幾個巨大的白色風車非常遲疑地轉動，天空湛藍，海卻是灰綠色的，從一端非常廣濶地伸展到另一端，天空和海的連接消失在無盡的遠方。

堆疊的大石塊橫亙在沙灘和短堤之間，看起來，海和天空就在不遠的地方。除了在海邊悠閒地撿石子的伯伯，我們再沒有看到別的人。然而，就在我們踏上那群大石塊的同時，猛烈的風就把我們包圍起來，並不是風吹向我們，而是，我們彷彿誤闖了由風組成的結界，擠進了一個表面看來風和日麗的異境。踏上短堤，風簡直成了瘋狂撲向我們的某種力量，把我們向對方說出的話語輾碎，想要把我們拉到半空再摔下去，像一群看不見的鎮暴警察。因為突如其來的荒謬感，我們忍不住大笑，風從張開的嘴巴鑽進身體的內部。我必須緊緊地握著手機，才可以抵擋風要把它從我手中奪去的企圖。

因為風帶著這樣的威嚇，我覺得必須抵抗它，走到短堤的盡頭，盡量靠近海。抵抗的時候，也是貼近自己的虛弱的時候，某個瞬間我幾乎跌倒，只能立刻蹲下，讓重心貼近地面。「你要過來嗎？」我轉過頭去問S。「不要！」S說。那是個明智的決定，要是他被吹到半空，我沒有信心能把他拉回來。畢竟，我們並非身在夏卡爾柔軟的畫裡，而是在孟克的《吶喊》之中。

那天，那些在視線範圍以外的防暴警察從遠處向我們衝過來時，也像颶風，只是早在我們的意料之內。究竟是預料之內的恐懼還是始料不及的恐慌，更令人難以忍受？我並不肯定。只是，在那裡，我們必須把自己逼向臨界點，讓生存的本能代替思考。當前面的人一起回過頭來，說「退後」，我們便要迅速回頭，快跑但不能太快，因為前面還有人。那是另一種可怕的風。為了避免群眾陷入慌亂而生出意外，總是會有人叫：「一、二，一、二……」數算呼吸和腳步。我先鎮住了自己在身體之內，然後回過頭去尋找同行的虹的手，她臉上有一種緊張的神情，我好像看到自己。不止一次，我想像，要是在那種風暴之中，抓不住她的手，或，抓住了她，她卻被扯走，那該怎麼辦？每個人都只有兩隻手，一隻手最多只可以抓住另一個人的一隻手，這幾個月以來，在我們不斷想要去抓住所有人的手的同時，許多人的手紛紛被扯進死亡的世界裡去。

不過，我終於還是抓住了S的手。從短堤的盡處回頭，我發現他站得很穩，或許只是因為，風雖然瘋狂，但並不帶著惡意。離開了石堆，我們便走出了風的結界。我看到陽光下我們狼狽的影子，頭髮和衣服凌亂，像兩個從剛停止轉動的洗衣槽裡爬出來的人。S把手機遞到我面前，點出了他早前在網上搜尋到的「海之聲」圖片，全都是長髮女生平靜優雅地站在短堤盡頭，氣定神閒地享受著夕陽的洗禮。「我原本以為我們會拍到像這些絢美的照片。」S說。

回到車上，我問：「你們明年一月的總統大選，你會投票嗎？」

「我會。」S說，過了一會又嘀咕：「不過，一月是農曆新年，那我要回老家兩趟……。」

我想到，往返北部至南部，疲憊的行程，忙碌的工作時間表……但我忍不住說：「拜託一定要投票，你們選出了什麼總統，對世界上其他地方也有影響。」其實我最初是想說的是：「對我們也有影響」，只是，把話說出前才修正自己。

「這個我知道。」他說，然後發動了車子，暫時離開風的所在。

後記

那時候，我已完成法蘭克福書展的所有講座和訪問，由於時差，仍在凌晨三時半醒來，靜坐，做晨間寫作練習，然後，站在窗前一邊看著街道上稀疏的途人，那些醉酒者和無家者，一邊等待旅館的自助早餐開始營業。

收到惠菁的訊息時，我看到窗外破曉的天空是俯瞰眾生的暗藍色。她問我，要不要把六月以來的文章結集成一本書。於是，我想起六月以來，城市差不多被惡意的海淹沒，每個人都以自己的方法渡海，有些人已溺斃，有些人坐在船上冷眼旁觀，大部份的人苦苦掙扎。四周充滿官方發表的謊言。我每天都寫字，透過字平靜紊亂的呼吸。最初，我常常想要反駁那些謊言，然而，我發現，如果把注意力放在反駁之上，就會失去了自己的方向。

有些人無法忍受，殺掉了自己，不久後，有些人被殺掉了，卻被說成是自殺。這並非最殘酷的事。

「照見五蘊皆空，度一切苦厄。」非常擔憂的時候，被恐懼襲擊的時候，我都會在抽屜裡取出《心經》，抄一遍。「故心無罣礙，無罣礙故無有恐怖，遠離一切顛倒夢想，究竟涅槃。」幾個月下來，我抄了許多遍《心經》，想要迴向受苦的生者和死者。然後，新的一天開始，新的恐怖再次出現。

當我懷疑眼下的現實就是地獄深處時，都會對自己說，這是假的。這是寫小說教會我的事，如果外在世界發生的事情，其實是心的投射，那麼，只要改變自己的心和觀看的角度，就會發現埋藏在另一個角落裡的現實。

在法蘭克福的清晨，我發訊息給S，問：「這些文章，會有人要看嗎？」我在問的其實是，屬於此刻香港的故事，在這個充滿苦難的，紛紛擾擾的世界裡，可以完整無缺地傳達，而且被聽見嗎？當我從自己的家，乘飛機到另一個國家，出席講座，述說寫作和城市裡當下的狀況時，當大半年以來寫下的文字將要成為一本書的時候，這樣的焦慮尤其強烈而明顯。焦慮的原因在於，在動盪的環境裡的每分每刻，現實恍如密集的尖削碎片從天降下，我該如何讓這些碎裂時刻經過我之後，再還原成一個可以被充份明白的「故事」？過去許多年，當我寫小說的時候，為了尋找更新銳的敘事方式，常常刻意迴避「故事」，然而，當現實前所未有地鋒利，每天都在削我們，城市裡的每一個人只能根據生存的本能躲避或迎上去，沒有讓腦袋思考的餘裕，自六月以來的每一天，當我坐下來寫字，從空蕩蕩的身子裡搜尋，那裡只有一些接近故事的「敘述」瓶子，我只能把所有難以言說的傾倒進去，它們便有了自身的形狀。

我沒有想過，把文章整理成書，最艱難的部份是，重新編排一個自四月以來的大事時間表。原來，把已經歷過的事，透過點列的方式，重寫一遍，也是一種傷害，像把針線刺進皮肉之中，在傷口之上再刺繡一個傷口。我參考新聞網站和維基百科，在大事時間表中，把一件複雜的事，以寥寥幾筆寫完，心裡往往大叫：「不是這樣！還有說不清的前因後果，還有凌亂的來龍去脈和細節。」然而，梳理大事到了一半，我不得不承認，沒有一種敘事方式，可絕對地還原現實，每一個人，每一件事，無論多麼重大或渺小，到了最後，都無可避免會消散，在大寫或小寫的歷史中。畢竟，在浩瀚的宇宙裡，所有人和事都是微塵。

因此，我感謝，自六月以來，世界上給這城市投來的每個關注的目光；感謝惠菁在編書的過程中，對所有至關重要的微枝末節，投以關切和理解；感謝S在這些文字寫下來的時候，以及成書的過程中，以一個具質素讀者的睿智、寫作者的敏銳和同理心、專業編輯的細緻和耐心，還有朋友的真誠和幽默，給我許多溫暖和支持，也給此書起了一個鏗鏘的名字；感謝城市裡所有勇敢而不屈的靈魂，共同創造了一個新的境地。

謹以此書獻給在生生世世的循環裡，因為壓迫而受傷的、死去的、受盡凌辱的、含冤未雪的、失去所愛的、流離失所的，還有，戀棧權力而迫害他人的。萬事互相效力，無明的和已覺醒的部份，在多番角力和磨合之後，終會形成一個新的世界。雖然以肉眼無法看見，但我相信，在冥冥中，生命裡還是有著我目前未能完全參透的善意，終會把所有人導向一個平和安全的未來。

Being
03

黑日

作者 韓麗珠

執行長 陳蕙慧
總編輯 張惠菁
責任編輯 張惠菁
行銷總監 陳雅雯
行銷 尹子麟／余一霞
封面設計 井十二設計研究室
排版 宸遠彩藝

社長 郭重興
發行人兼出版總監 曾大福

出版 衛城出版／遠足文化事業股份有限公司
發行 遠足文化事業股份有限公司
地址 新北市（23141）新店區民權路一〇八～二號九樓
電話 02-2218-1417
傳真 02-2218-0727
客服專線 0800-221-029

法律顧問 華洋法律事務所蘇文生律師
印刷 呈靖彩藝有限公司

初版 2022/12（十一刷）
定價 NT$420

黑日／韓麗珠著一初版一新北市：衛城，遠足文化，2020.01
408 面；14.8 × 21 公分／ISBN 978-986-96435-9-7（平裝）
855　108021974

● 親愛的讀者你好，非常感謝你購買衛城出版品。
我們非常需要你的意見，請於回函中告訴我們你對此書的意見，
我們會針對你的意見加強改進。

若不方便郵寄回函，歡迎傳真回函給我們。傳真電話 —— 02-2218-0727

或上網搜尋「衛城出版 FACEBOOK」
http://www.facebook.com/acropolispublish

● 讀者資料

你的性別是 □ 男性 □ 女性 □ 其他

你的職業是 ______________________ 你的最高學歷是 ______________________

年齡 □ 20 歲以下 □ 21-30 歲 □ 31-40 歲 □ 41-50 歲 □ 51-60 歲 □ 61 歲以上

若你願意留下 e-mail，我們將優先寄送______________________衛城出版相關活動訊息與優惠活動

● 購書資料

● 請問你是從哪裡得知本書出版訊息？（可複選）
□ 實體書店 □ 網路書店 □ 報紙 □ 電視 □ 網路 □ 廣播 □ 雜誌 □ 朋友介紹
□ 參加講座活動 □ 其他 __________

● 是在哪裡購買的呢？（單選）
□ 實體連鎖書店 □ 網路書店 □ 獨立書店 □ 傳統書店 □ 團購 □ 其他 __________

● 讓你燃起購買慾的主要原因是？（可複選）
□ 對此類主題感興趣
□ 覺得書籍設計好美，看起來好有質感！
□ 議題好熱，好像很多人都在看，我也想知道裡面在寫什麼
□ 其他 __________
□ 參加講座後，覺得好像不賴
□ 價格優惠吸引我
□ 其實我沒有買書啦！這是送（借）的

● 如果你覺得這本書還不錯，那它的優點是？（可複選）
□ 內容主題具參考價值 □ 文筆流暢 □ 書籍整體設計優美 □ 價格實在 □ 其他 __________

● 如果你覺得這本書讓你好失望，請務必告訴我們它的缺點（可複選）
□ 內容與想像中不符 □ 文筆不流暢 □ 印刷品質差 □ 版面設計影響閱讀 □ 價格偏高 □ 其他 __________

● 大都經由哪些管道得到書籍出版訊息？（可複選）
□ 實體書店 □ 網路書店 □ 報紙 □ 電視 □ 網路 □ 廣播 □ 親友介紹 □ 圖書館 □ 其他 ______

● 習慣購書的地方是？（可複選）
□ 實體連鎖書店 □ 網路書店 □ 獨立書店 □ 傳統書店 □ 學校團購 □ 其他 __________

● 如果你發現書中錯字或是內文有任何需要改進之處，請不吝給我們指教，我們將於再版時更正錯誤

____
____
____
____
____

請沿虛線剪下

廣告回信
臺灣北區郵政管理局登記證
第 1 4 4 3 7 號

請直接投郵‧郵資由本公司支付

23141
新北市新店區民權路108-2號9樓

衛城出版 收

● 請沿虛線對折裝訂後寄回，謝謝！

ACRO POLIS 衛城出版

Being 03

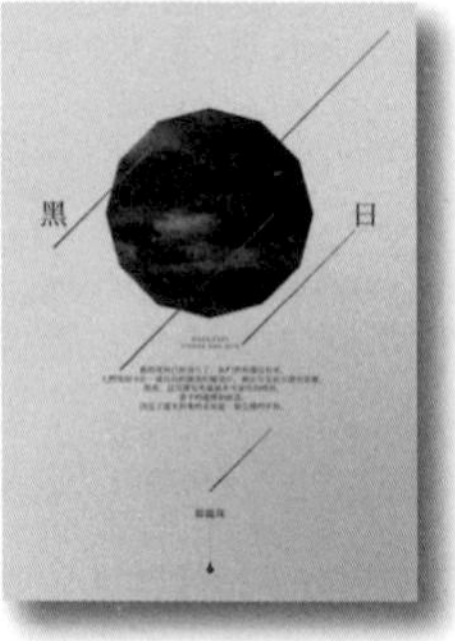